為了好好活著，我們最終走向更壞

최선의 삶
THE BEST LIFE

林率兒（임솔아）／著
陳聖薇／譯

目錄

附錄

推薦文

她們就是彼此的地獄

——吳曉樂（作家）

若非對書名萬分激賞，否則前幾章著實讓人有些卻步，流動的囈語與隨性的呢喃，彷彿誤闖了誰的日記。敘事者叫姜依，曉瑛跟雅蘭是她的朋友。奇怪，為什麼作者只把這作品獻給雅蘭，而沒有獻給曉瑛呢？懷抱著懸念讀了下去，漸漸發現故事就像紐西蘭歌手Lorde的〈Royals〉，天真的女孩們離開家鄉，跳上通往大城市的列車，心底雪亮「出身決定了命運」，仍試著伸手捕捉空氣中流竄的時尚氛圍，並在熟睡時編織完美的夢境。姜依、曉瑛跟雅蘭也確實過得很苦，時常得穿著溼答答、沒晒過的內褲移動，忍受陌生男子的騷擾與侵犯，最終盤纏用盡，只好打工賺錢。小女孩為了掙脫家庭的掌控，付出了身上比自由還可貴的事物，她們只得相互撫藉，甚至進行了性的試探。

當你以為故事的主旋律興許是女孩們的流浪際遇，不，一個轉折，她們返回家鄉，故事連一半都不到，女孩們竟已折返，甚至很熟練地拾回舊秩序，我困惑地讀下去，然後背上的冷汗一顆顆浮出來，我太大意了——女孩們未曾離開險境，原來，她們就是彼此的地獄。當三個人被關回正常世界，內在蠢蠢欲動的情感只能往對方身上施展，女孩們接續以最殘忍的方式傷害對方，不僅僅是言語欺凌，更頻繁的是物理殘傷，她們一再以肉身決鬥，從前合為一體的親暱，最終演變成「只能留下一個」的暴虐。

這些年，以青少女成長為主題的作品並不罕見，林率兒在一個榫卯匠心獨運，撐起此作的獨特性：在這生態系，她不採「男人占據最高位」的常見蹊徑。女孩們不必競逐白馬王子，就足以蔓生出核爆似的連鎖恨意。為什麼只獻給雅蘭而沒有曉瑛？答案是十分駭人的情節。讀者也能在附錄中略微感傷地明白，何以作者採用了如流水無心漫逸的形式書寫。此作逼人回憶起青春期「時時擔憂被人取消存在」的惡夢，但又不免冰心自問，或許人際的誅伐未曾遠離，我又想起葉青的詩，「有些時候雨是不會停的／並不管你是否有傘」。

推薦文

咀嚼殘渣的瘋子

——追奇（作家）

我的生理和心理都無法承受一口氣讀完這本書，但隱略有雙粗糙的無名之手，布滿斑點、紋路和滄桑輾壓過的肌理，黝黑的，在暗夜從後推著我的眼球——「看完它」——是這聲音如刀貼著我的頸脖，陪我走至故事終尾。

於乎我成為一個狼狽不堪的讀者，只要是開啟書本的時間，周圍都是黑的。數度暫停、數度嗚咽，數度感覺到有什麼就快嘔出來，縱使並沒有真的嘔出穢物。「穢物？」想起進入這部小說的歷程，無論跟著情節到了哪裡，是開頭或中段或末章，我總禁不住顫抖地問自己：「是痛苦嗎？是那些千萬年前強硬撕去的深褐色的結痂皮嗎？」也許都怪它們被太過年幼的自己錯誤地吃掉了，現在得全部吐出來。吐出來，然後再把吐出來的吞回去，重複再重複，直到一團稀巴爛。對我來說，《為了好好活著，我們最終走向更壞》就是一本這樣的書，有些人的人生亦然。在閱讀之際，我其實並無注意這是半自傳性的書寫，它原始的筆調太像沉重又詭譎的藝術電影，甚或是像遠在他國的新聞，真實、明白，卻令人抱持懸吊的態度。真諷刺。為何只要發生踰越心中量尺的悲痛，我們就不肯立即直對呢？姜依也好，雅蘭跟曉瑛也罷，對於這般似曾相識的孩子，我的眼光轉換，從看待「角色」到看待「真實人物」再到看待「我自己」——而後了解一件事：除卻年紀、階層以及各種粗暴的瓜分條件，人們太習慣逃亡，連逃亡本身也不放過；為了逃開「逃亡的枷鎖」，我們佯裝自己不是在逃。

所以才演好了一個個瘋子？去做兒女、父母、朋友，也做路邊的流浪漢、潛藏的強姦犯、逃學或離家的少年，更做電視上謀殺昔日玩伴的凶手？這部作品簡直喪心病狂、無人不瘋，卻也因此使我在難受中懷抱敬畏與愛，無比感激。我清楚這些屬於作者吐出的殘渣般的文字，都是善意的提醒，當我接過後再次咀嚼，確認從頭到尾僅只程度差異，活著就無人倖免。立足世間，所有邁向未知以後的性靈，勢必扭曲自己，半啞半聾半瞎地經歷一段世紀相隔的光陰，才可能把瘋了的靈魂從正常軀殼內刮出來。也或許刮不出來。也或許根本不願意。

都是這樣。來不及問那隻待在室內仰望晴空的忠誠小狗，開不開心半途長成了關在罐子裡的鬥魚。

不戰鬥會死，但是為了不戰鬥而戰鬥，也會死。

懂了嗎？人就是在選擇中，被迫選擇瘋狂。

因為一定要活下去

所以我恣意地想像

在身旁的那份維繫

這本書獻給我的朋友——雅蘭

第1章——水晶雪球

「姜依好像要死了。」

每當我太晚回家，媽媽就會說謊。我明知道那是謊言，也只能慌慌張張地快步跑回家，而姜依總是會跑到玄關處，尾巴頻頻搖動。幸好，是媽媽說謊。

沒聽到謊話的那天，我提早回到家。可是那天姜依沒有出現在玄關，我問媽媽姜依的情況，媽媽說姜依吃了藥，正在睡覺，牠趴在客廳地毯上呼呼大睡。我跟家人一起坐在客廳看電視，媽媽悄悄地拉出棉被蓋在姜依身上，我伸手拉了一下棉被，牠卻翻了白眼、嘴角冒出泡泡，我尖叫起來，牠的眼睛又恢復正常，我抱著姜依邊尖叫邊跑向動物醫院。

「總是要試試看。」

動物醫院的醫生，每一次都說要試試看，只是每一次嘗試的費用都很昂貴。醫生好幾次都說姜依可能快走了，但每一次姜依都成功地活下來。好像下定決心要死了，靜靜幫牠蓋上棉被的時候，我想，是不是因為我拉開棉被、大聲尖叫的關係，牠聽到我的尖叫聲，才再次活過來。

從那天之後，我開始把媽媽說姜依要死了的話語，當成是姜依還好好活著的意思。所以每當姜依要死了的訊息傳來時，我都會關掉手機，想說再晚一點、再晚一點回家也沒關係，若姜依真的要死了，媽媽就會靜靜地把棉被蓋在牠身上。

「叫看看啊！姜依啊！」

我的名字也是姜依。我知道狗狗的個性是既傻又貪心、一次只能想著一件事情，就這點看來，姜依跟我一模一樣，所以我才想讓牠跟我用一樣的名字。但家人第一次聽到姜依的名字時，都表示反對，他們說小狗的名字就應該叫做小傢伙，傻傻的小傢伙，才有可愛可愛的感覺，不過我堅持一定要用我的名字。

「小狗本來就是小時候最可愛啊。」

於是，當媽媽叫我的時候，我跟姜依就會一起看向媽媽。我喜歡這樣。

吃飯、睡覺，以及我們家的人，就是姜依的全部。度過幾次生死難關，姜依終於平安地長大。牠最愛趴在窗台上，靜靜待上好幾個小時，只看著窗外。窗外有空無一物的工地和高聳的起重機，起重機的頂端遮住了烏雲，而起重機本身，也擋住了烏雲。蓋了一半的房子，就像是一處人來了、人又走了的地方，最後那上面剩下的只有降雪。

「不要看了啦！什麼都沒有啊！」

把姜依從窗台上抱下來，沒想到牠又往窗台走去，耳朵不停搖晃、爪子不斷地摳著玻璃窗，開心得彷彿聽到從某個看不見的地方傳來了聲音。那時的牠總會望向窗外，一副隨時都要逃離的樣子，或是牠深信著某個看不見的地方，總有一天會來找牠。

坐在姜依旁邊的我，用眼睛追逐著一片雪花，雪花沒有一定方向，也沒有一定速度，往左、往右，左左右右地飄來飄去。雪花往各自的方向散去，飄往姜依跟我居住的邑內洞的東建公寓，飄往那棟沒有人住的建物，以及建物另一側，看不到的遙遠地方。

拿出狗鍊，姜依會因為可以東跑西跑而非常開心；拿掉狗鍊，代表姜依必須待在家裡；而繫上狗鍊，就代表可以與姜依一同到戶外。姜依來到外面，就想往更遠的地方跑，繫上狗鍊的姜依一直往前跑，我也跟著一路往前跑。但下雪天時就不同了，姜依雖然喜歡下雪，卻只敢站在雪地上，不管我怎麼拉扯狗鍊，牠就是一動也不動，好似聽不到我的聲音，只是抖個不停，全神貫注地看著雪花掉落在我臉上，姜依認為雪很奇怪、很可怕，卻又很喜歡雪。

應該要買水晶雪球給姜依的，只要姜依用腳踢一下雪球，亮晶晶的雪就會跑出來。我想著以後、或許是很久以後，要與姜依前往一個四季都會下雪的地方，畢竟害怕的事情一旦熟稔了，害怕就會消失。可惜當時的我並不知道，越熟悉的事物，就越是可怕得令人冷顫。

第2章——瘋子

不斷撫摸著床邊的水晶雪球，稍微搖晃一下雪就會陸續噴出，接著慢慢地沉澱，水晶雪球的世界裡只有冬天，卻也總是充滿溫暖。每次去曉瑛家，我總要她關掉日光燈，我跟曉瑛說的理由是我喜歡黑暗，但其實我是想要在黑暗中看著曉瑛的水晶雪球。

曉瑛關掉日光燈，打開了星星模樣的照明設備，那亮度只夠我看清曉瑛的輪廓，以及其他物體的線與面。我們以同樣的姿勢躺在床上，抽著菸，曉瑛打開那個曾經裝著糖果的外國製鐵盒，拿出幾根香菸，撫摸著鐵盒上糖果模樣的浮雕。我應該是想像著那不曾吃過的糖果，當曉瑛不在時，我會用衣角偷偷地擦拭水晶雪球上那積累的灰塵，還要小心翼翼不被她發現。

「姜依，我……」

曉瑛看著星星模樣的照明燈說。

「我不想離開家。」

曉瑛的眼神看起來相當堅定。

「為何？」

「我喜歡家裡。」

我翻身面向曉瑛，閃爍著雙眼說，我也喜歡家裡，就像我家的姜依一樣，喜歡家裡、喜歡將牠的玩具人偶統統放回牠的狗窩裡，我也是。但就像我家姜依想去外面時，就會將鼻子靠在窗戶上一樣，我也不過是想到外面看看而已。

面對「為何想離家？」的提問，人們通常不會爽快地回覆，只會露出尷尬的笑容，緊接著就是被問「是不喜歡家裡嗎？」，我真的不知道該如何回答這個問題。就如同肚子餓就一定要吃飯，肚子不餓時也會想吃飯，一旦去到遠方，就算到達的地方不是真的想要的地方，也還可以往更遠的地方前進，但這想法究竟該如何說明才好呢？必須去比遠方更遠的地方，才能感受到比有家可歸更悲傷的感覺；感受到溫暖又柔軟的棉被之際，又在一瞬間覺得恐懼，這些又能如何說明呢？

「離家的話，要像瘋子一樣過生活不是嗎？」

曉瑛將我唯一的夢想，摘要成「瘋子」。想去遠方是我與雅蘭的夢想，這個夢想完成之後，才有做夢的資格，才有給予的權利，我與雅蘭如此深信不疑。

「待在家裡的話，就只會像樹木一樣往上不停地生長。」

走在路上，雅蘭這樣跟我說。

「什麼會不停生長？」

「傷痛。」

雅蘭討厭家裡、而我喜歡外面，所以我們一起離家。雅蘭每天都會跟我說她在家承受的傷痛，好似這樣就能將那些傷痛一點一滴丟棄在路上。但雅蘭在路上受到的傷痛比在家裡大，在家中承擔的傷痛不過小孩子辦家家酒等級，在家中承受的傷痛不過是小事。應該說，好險她沒有選擇家而是選擇路上，這樣一來，在家就可以當成是小事。

即使閉上眼睛，曉瑛那句「我喜歡家裡」依然像耀眼光影般不斷出現在我眼前，就如同我就算吃過許多不同糖果，也會不斷想像著那外國製鐵盒裡的糖果究竟是什麼滋味一樣。我被喜歡家裡那句話，那句對我而言相對陌生的話深深地困住了。

走到曉瑛家前方的大馬路上，曉瑛堅持要送我回家，明明馬路的對面就有公車站牌，曉瑛卻理所當然地揮手攔下計程車，我也理所當然地搭上計程車。在曉瑛家睡覺的日子，對我而言是口袋裡有著滿滿計程車費用的日子。

「先往前開吧！」

我會等已經離曉瑛很遠之後，才跟司機說要去邑內洞，其實同學們都知道我住在邑內洞，但每當有人問我住哪邊時，我都說我住在田民洞的常綠大樓。

計程車經過曉瑛住的田民大樓，又經過了綠草大樓、常綠大樓。常綠大樓是田民洞新蓋不久的超高大樓，雖然我不曾進去過，但戶籍上卻是我居住的大樓，大樓附近就是我與雅蘭、曉瑛就讀的田民國中。

根據計程車司機的說法，田民洞這裡開發不到十年，起初是因為有研究單位進駐，研究員的家庭多選擇居住在這裡，進而成為一個新興社區，田民國中則成為聚集研究員子女的學校，一瞬間變成大田地區[1]升學率最高的名校。父母為了讓我轉學到這所學校，把我的戶籍轉到這邊，原本住在邑內洞的我們，就因父母的期望，遠離了邑內洞。

經過田民國中再往下走一段路，能看到樹林，再繼續走一段路，就能看到

1. 此處所指大田地區即大田廣域市（대전광역시），位於韓國中部，是韓國第五大城市，也是該國科技重鎮。

錦江，順著錦江走一段路，會有一座橋，走過那一座橋會看到一間洗劑工廠與洗髮精工廠，以這座橋為中心，一側是研究園區、另一側是工業園區，我們即將進入邑內洞。

「以前的邑內洞還只是邑內[2]。」

邑內洞的歷史也是聽這位計程車司機說的，他說我畢業的邑內國小從前是有名的國民小學，當工業園區剛成立之際，這裡是許多年輕人聚集的地方。

計程車停在邑內國小前，不論是搭計程車或是搭公車，都必須在這裡下車步行，因為邑內洞是由坡路與無數階梯組成，有許多狹小巷弄，雖然計程車不見得進不去，但一旦開進去就很難回頭，所以居民和計程車司機多半都會選擇在國小前下車。

鐵橋上火車疾駛而過，每回火車經過時，不論你是在邑內洞的何處，不論是在超市、在家、在路上，都可以聽到火車聲響。鐵橋下會聚集著年紀大小不一的孩子們，朝火車丟擲石頭。我小的時候也會跟朋友去鐵橋下玩耍，看到飛奔而來的火車，大家就會一同放聲大叫，因為火車聲會掩蓋我們的叫聲，來回奔跑、吼叫的我們抓起石頭就丟，就像看到一隻巨龍飛在天上般的興奮，根本就坐不住。不管社區廣播不斷宣導著不要丟石頭，會讓人受傷或甚至扔死人，邑內洞的孩子們完全不在乎。

走過國小前方的斑馬線，走上斜坡，坡的盡頭就是階梯，雖然從小數到大，但每回還是會邊走邊數階梯數，只是每回數出來的數字都不太一樣，階梯數太多，有時候也會一下恍神忘記數到哪裡，一旦忘記就會再重數一次。經過教會與恩惠超市後，還要再繼續爬階梯，經過那中斷許久的建築工地與塔式起重機，階梯的盡頭就是東建公寓。

回頭望去，好似站在山頂一般，可以清楚地看到整個邑內洞，鐵橋上那延伸出去的鐵路、邑內洞盡頭的錦江，甚至是遙遠的田民洞，都可以一覽無遺。

2. 意指原本「邑內」只是地名，後來成為該區域的行政區名稱。

若說常綠大樓是田民洞最高的住宅大樓的話，那麼東建公寓就是大田最高的公寓了，對此，我很自傲，因為在我轉學到田民國中之前，邑內洞的朋友都很羨慕我家。畢竟東建公寓是整個邑內洞最乾淨的新建物，朋友們都是住在牆壁已然斑駁不堪的兩層樓樓房，這些樓房也因為後續增建而導致建物平衡出現問題，整棟房子好似隨時都會傾倒，電燈也不是開關式，而是用一條線控制。甚至那根本不是他們的家，而是他們租來的家，所以當我說我家真的是我家時，朋友們都很訝異。但我不知道這是父母向銀行貸款買來的房子，而且因為地處頂端位置，所以相對而言，是較便宜的新建物。對邑內洞的朋友來說，我是住在最富裕建物的朋友；對田民洞的朋友來說，我是住在最貧窮社區的朋友。

運動場空無一人，我一個人站在花圃，仰望著打開的窗戶，聽到老師們開朝會的聲音。

「瘋子。」

一聽到朝會的聲音，我喃喃自語著。像瘋子一樣活著又如何？成為瘋子又如何？

花圃的花因反射了光線而閃閃發光，我是負責澆水的值日生，朝會時間負責給花圃澆水的值日生，因為班導不想在朝會時間看到我，所以分配這個工作給我，我也不想要在朝會時看到班導的臉，所以還是來花圃比較好。

班導丟下就走的那一根橡皮水管，連結著水龍頭，但水管很短，無法到達花圃的盡頭，只能澆到附近的花。每天的我，都一邊喃喃自語著「瘋子」，一邊替花澆水。過了幾週，喝下太多水的花開始腐爛，葉子變黃，枝葉被又滑又蒼白的黴菌纏繞，同時出現雜草，雜草之中長出黃色小花，輕飄飄地如同舌頭一伸一縮，招引許多蚊子。但沒喝到水的花就真的像瘋子一般，枝葉鬆散，本來該有六片花瓣的花，卻只剩下三片，有的還只有兩片，也有些葉子倒臥著生長，應該是晒了太陽就彎腰了，彷彿茄子向著太陽延伸，又像電視裡看到的燒燙傷患者似的——嚴重的燒燙傷患者，伸長了手討水喝的感覺，但誰給了水，就等於殺了患者。花兒們為了死亡，想要接受日照，以陽光替代水分，想被太陽滋潤，沒想到反而被燒死。

「連澆花都不會嗎？」

班導推開手拿橡皮水管的我，以一副惋惜的姿態看著花圃的花，我則是回到教室上課。除了數學老師的聲音外，還混雜著泥土味與青草味，下課時間走出教室，工人正在處理那片花圃，我就沒有再回去教室，一直看著工人的處理過程。工人將土塊掃起丟進推車，我蜷坐在地上翻攪那些土塊，喝了許多水的花，根部都短短小小、溼答答的，還散發出臭水溝的味道。我挑出其中又細又長的根部，原來這些喝不到水的花，根部可以輕易抖掉泥土，就像骨頭一樣，白得發亮。

「同學，別在這邊亂！去那邊玩！」

工人們用鏟子驅趕我，我把瘋子花朵的瘋子根部放入口袋，回到教室放進我的櫃子裡。花圃重新種上新的花朵。

明明我沒進教室上課，班導卻沒有罵我，只是問我可不可以答應他澆花要澆得平均一點，我說好。新栽種好的花圃沒有了橡皮水管，我要用提桶裝水，從水龍頭到花圃，總共要走十七趟。每一次澆完花走進教室，我的制服裙子都變得溼答答的，花也全部都變成瘋子，但這次的花不是變細長，而是一半以上都變成矮小長不大的樣子，花瓣上出現芝麻顆粒大小的白色斑點。是傳染病？還是營養失調？沒有一朵是正常的花，完全沒人看出那些花都是瘋子，那些花全都變成瘋子。我受到了稱讚。

「瘋子。」

被班導稱讚後我轉過身，不知道向著誰說出這句話。

坐在沒開的電視機前面，看著電視機，看著看不見的東西。我的未來一片黑暗。我從來沒有預測過未來，但對未來的確信卻很多，確信總有一天會去遙遠沒去過的地方、要住在比遙遠更遙遠的地方，不會在棉被中安靜地死去，多半都是這一類的確信，這些確信點綴著未來，對我來說，能夠得知未來的唯一預言，就是這些確信。

媽媽用大小不一的鍋子煮泡麵時，可以準確地放入適當的水，班長總是可以準確預測期中考的考題，老師準確地知道要說什麼學生才會笑，學生知道說什麼會讓老師生氣，可我什麼都預測不了。我在邑內洞累積的預測功力，在田民國中完全失效。我在邑內洞國中的英文課堂中，可以流暢地念出英文課本上的文章，是同學們羨慕的對象，可到了田民國中的英文課堂，同學們個個都是英文母語者。在邑內洞我被選到先修班，學習高一個年級的數學時，田民洞的孩子卻學著微分、積分這些高兩、三個年級的數學題目。我說出我認為可以被理解的話語，但老師生氣了，我以為會讓人生氣的話語，同學們卻瘋狂大笑，在邑內洞被當成聰明小孩的我，來到田民洞卻被當成笨蛋。不同的情況下，還可以準確預測的人，真的很厲害，要用過多少鍋子，才會知道哪一個鍋子要放多少水，才能煮泡麵？要解開多少數學問題，才會猜對老師出的考題？還要養過多少花朵，要養死過多少花朵？必須做出更多確信的我，對於未來我無能為力，只能沉迷於確信之中。

曉瑛預測的方式不同，若說我的方式是看著遠方的小石頭，其他人的方式是穩穩抓牢手中小石頭的話，曉瑛則是明確掌握小石頭的位置，以下圍棋的方式預測，用現實的這塊石頭，改變未來石頭的位置。在曉瑛身旁，那個原本感覺到未來非常黑暗的我，好似看到一個人朝向現實大肆狂奔，親眼看見用各種單字堆疊的未來，在現實中展開。曉瑛是在現實中，用魚網捕獲未來的唯一一人，也是唯一一個可以隨心所欲讓花開花落的人。

第3章——寄生蟲

排油煙機發出與音樂同樣大聲的聲響，店內播放著不知名的七〇、八〇年代歌曲，還有跟歌曲一樣老、一樣過時的電影海報，胡亂黏貼於牆上，座位之間的距離近到彼此的手臂必須相貼。

我們在路上發現這間招牌用大大的紅字寫著「你和我」，還畫著生啤酒杯圖樣的酒館，走了進來。這個地方彷彿是田民洞的另一個空間，是我們所不知道的空間，是田民洞還沒都更之前就有的酒館。田民洞這裡不論是商家、學校或人們，大部分是都更後才冒出來的，只是仍然留有都更前就住在這邊的人們，他們經營著老舊的酒館、洗衣店、藥局，或是小吃店，班上也會有兩三位這類住民的小孩，雅蘭就是其中之一。

雖然雅蘭會說她才是田民洞土生土長的本地人，但在同學群中的雅蘭，似乎跟我一樣是外來者。所以我轉學過來後，她是我第一個朋友，然後我逐漸跟雅蘭那些又抽菸、又喝酒的朋友，成了朋友。我以為其他人應當會區分彼此，但是沒有。我們清楚知道所謂田民洞的外來者、像外來者的本地人、以及本地人，事實上都是一些裝成本地人狐假虎威，但其實是從更遠處而來的外來者。就這樣，雅蘭與雅蘭的朋友們，在學校被當成外來者，而孤單一人的我這個外來者，與這些朋友在一起，就被當成是外來者。

只有這間與田民洞身分不符合的老舊酒館，會開心地接納我們，兩張桌子合併起來，可以坐八個人，拿著酒杯喝可樂加燒酒的混酒，乾杯一飲而盡，混合著可樂的燒酒，像威士忌一樣，我們就像連續劇中的老闆一樣皺起眉頭。大家嘴裡都叼著一根菸，抽到不能再抽，老闆上了下酒菜，是蟬蛹湯，湯裡擺放著八枝湯匙，若是曉瑛或是其他人願意付更多錢，就可以點更好的下酒菜，不過我們的規矩是各付各的，與其說沒人想付更多，倒不如說是大家都不想白吃，所以都以最沒有錢的朋友為基準點下酒菜，一份下酒菜大家一起分享，才讓我們更團結。

桌子很大、鍋子很小，所以每一回都要從椅子上站起來、伸長脖子才能舀到食物，為了不讓湯滴在桌上，每回都要像烏龜一樣伸長脖子。大家明明都不喜歡蟬蛹，卻都爭先恐後地伸出湯匙，好似只要搭配燒酒，任何飲食都是佳餚。一陣食物搶奪過後，又咬起了香菸，像是大老闆一樣吐出菸氣，彈抖著菸灰。

蟬蛹沒了，湯也見底了，每個人都看了一眼鍋子，又偷瞄著牆上的菜單。

「我只有五百韓元。」

雅蘭掏出五百塊硬幣，大家都各自掏出五百塊硬幣，加起來還不夠點一份下酒菜。

「我來想辦法。」

雅蘭拿著大家的錢走了出去，買了一罐蟬蛹罐頭回來，衣袖捲了起來。

「請給我泡菜跟熱水。」

雅蘭把蟬蛹罐頭倒進空鍋子裡，放入泡菜與熱水，再用湯匙攪拌，完成了一份便宜十倍的蟬蛹湯，我們瞬間又變回老闆姿態頻頻點頭拍手，雅蘭也伸出姆指比讚。老闆一直看著我們。蟬蛹湯再次一掃而空，想再次向老闆要熱水之際，老闆走了過來。

「我看一下你們的身分證。」

「沒帶。」

我們口徑一致，老闆吼著要我們馬上滾出去，每每跟身無分文的朋友一同身無分文時，大人都會對我們生氣怒吼，連曾經欣然歡迎我們的老舊酒館、不情不願接受我們的新式咖啡廳都要驅趕我們。街上遇到的大人趕我們回家，遊樂場也是、停車場也是、巷弄也是，沒有一個地方能久留，到哪裡我們都可以是老闆，卻也到哪裡都只是寄生蟲。

「等我們喝完剩下的燒酒。」

「我叫你們滾出去。」

酒館老闆說要叫警察，說我們會進少年感化院。

「就說喝完剩下的酒啊！」

我們提高音量。我們常常跟人吵架，但人們都說是我們的錯，比起寫給某人的信、還是個人的日記，我們更常寫悔過書，但明明錯的是大人，我們真的很冤。

老闆從口袋掏出手機，按下112的數字後，把手機螢幕轉向我們，此時曉瑛環顧一圈鬧哄哄的四周。

「我們走。」

其他人快速收拾包包走出酒館，曉瑛笑了笑。

「酒館裡面有未成年人。」

在商家前面的椅子上，曉瑛撥了112。

「明明店裡就只有未成年人，到底是在囂張什麼，等著瞧！」

曉瑛意氣風發地說著，其他人在椅子前吐著口水，稱讚曉瑛的勇氣。不久後警察進到店裡，我們八個人站在街邊看著店內，現在該是逃跑的時候。但當我們準備要開溜時，曉瑛對著其中一位警察說：

「是我報的警！」

警察跟曉瑛聊了一會兒，曉瑛朝我們喊：

「警察說不會打電話給家裡，我們一起走吧！」

曉瑛拉著警察的手臂，我們八人就在警察之間站成一排，蟬蛹湯的怨氣一掃而空，警察像爸爸一樣地笑著，到了派出所後，警察給我們一人一張紙，要我們把剛剛發生的事情寫下來。而酒館老闆則是由其他警察帶進派出所，明明喝酒的是我們，但老闆就像醉了一樣不停地大吼大叫。

「現在是跟我有仇嗎？」

一副哭喪的表情，警察抓住他，將他壓制在椅子上，不讓他靠近我們。身為報警者的我們，沒有被當成瘋子，變成瘋子的是老闆，老闆收到暫停營業的處分，而我們什麼事都沒有。我們手拉著手快樂地走出派出所，像大老闆似地邊走邊開懷大笑。

「再去找新的酒館！走吧！」

雅蘭激動地說。緊抓著手機的曉瑛馬上把打火機丟到牆邊，打火機碰到牆壁後彈開，擦出火花，我學曉瑛蜷坐著。

「走吧，姜依！」

就像毫無意義地把打火機丟向牆邊一般，我們也毫不懷疑地走向雅蘭。就算找不到新的酒館，雅蘭激昂的聲音還是呼喚著我們，就像發現燒酒瓶蓋內側[3]出現不同數字時，雅蘭會呼喚朋友；酒館換了椅子時，雅蘭也會呼喚朋友；就算是什麼都沒發現的日子，她也會刻意再次發現過往已然發現的事情，

3. 韓國燒酒的瓶蓋內側會有數字，代表韓國境內不同區域出產的燒酒。

並以此呼喚朋友。

雅蘭喜歡所有她發現的事物，所以她喜歡的東西很容易不斷增加，像是焚化廠那隻耳朵搖搖晃晃的熊娃娃、路邊撿到的玻璃球等等，這類微不足道的小東西，都是雅蘭容易喜歡的物件。雅蘭的激昂音調，容易獲得朋友們的擁戴，也因為我們什麼都不是，才能聚集在一起，雅蘭就是這個場域中，唯一能成為主導者的人，在我們各自還什麼都不是的時候，因為我們什麼都不是而使我們團結。

雅蘭新找的酒館沒有七〇、八〇年代的歌曲，放的是KTV點歌本內那些最新歌曲，基本的下酒菜不是蝦餅，而是蘇打餅乾。我們一起分享四個蘇打餅乾，一人一半，一口吃下，是沒吃過的味道。

「有橘子的味道。」

雅蘭與曉瑛點點頭，吃了沒吃過的蘇打餅乾，喝了燒酒感到舌頭麻麻的，懂了紅綠燈轉換燈號的規律，當紅綠燈關閉之後聞到凌晨霧氣的味道，我不想回家就是因為這個緣故。因為我知道那個未知的世界，就在這個世界當中，是無關緊要、不好、不重要的，而我們總是想去其他地方，想去未知的地方。

「我要離開家，誰要一起？」

將橘子味道的蘇打餅乾放入嘴裡，曉瑛這樣說。

第4章——最喜歡的場所

「離家的話，要像瘋子一樣過生活不是嗎？」

我想起曉瑛說過的這句話。曉瑛喜歡外面的世界嗎？討厭家裡嗎？她有自信在離家後，不像瘋子一樣過生活嗎？跟曉瑛一起離家的話，該如何過日子呢？一台飛機點亮夜空，背叛了夜晚，飛機什麼都能背叛，背叛了重力、背叛了時間、也背叛了天氣，那架飛機會飛到什麼地方呢？未知的人、未知的建築與未知的天空相連在一起，什麼都不知道，卻也沒有提問、沒有答案，都不需要。

人們會問我們問題，班導會問能不能腳踏實地生活？汽車旅館老闆會問成年了沒？有幾個人要睡？警察則是會問身分證字號。只要好好回答問題，總是能獲得些什麼，可能獲得班導的稱讚、獲得汽車旅館的房間、獲得警察溫柔地跟我們的父母說出我們的惡行惡狀。若不好好回答，就會失去什麼，班導會奪走我們的下課時間、汽車旅館會不給我們房間、警察會誇大我們的惡行惡狀。所以提問總是令人感到窒息，不論什麼提問都不是因為好奇，就只是對我們有所質疑。

就連網路也對我們提出問題，並且要求我們回答。要加入會員的話，必須選擇一個提問與答案，當想找回忘記的密碼時，就要回答那個問題。

「最尊敬的老師的名字？」

「最有感觸的一本書是？」

「最喜歡的場所？」

不論我選什麼問題，我輸入的答案一律都是「菸灰缸」，因為第一次填答的時候，在我所在的網咖電腦旁有個菸灰缸。隨意填入的答案，在反覆填寫之際，好像也理解了世上無解答這件事。菸灰缸這個名字可以是老師、菸灰缸可以是本書、是菸灰缸這個地方，所有的選擇皆可成為一個固定的答案，只要有人提問，我都想這樣回覆。

「身分證字號是？」

「菸灰缸。」

當能這樣回應的日子到來時，應該就是首度向他們告白我究竟是誰的那一天吧。

從某一天開始，我在網站的提問選項中，點選了「最喜歡的地方」，答案寫下「無人汽車旅館」。因為朋友生日快到了，大家存了幾週的錢，用那筆錢一起去無人汽車旅館，燈火通明的無人結帳機很親切，不僅熱烈歡迎我們，還會跟我們說敬語，更不會一直問問題。無人汽車旅館跟菸灰缸好像，哪裡都有、誰都可以用、誰都會弄髒，但髒了也會變乾淨，而且不會亂問問題。那裡，成為我們的家，我們就像來到海邊似的，脫光衣服在別人的體毛上覆蓋我們的體毛，隔壁房間傳出色情片的聲音，我們就坐在地板上喝著燒酒，滾來滾去，根本不知道誰是誰，等到午夜零時一過，一起祝賀朋友生日快樂。到了早上，大家依序進去廁所，用房間配置的兩枝牙刷刷牙，用同樣的洗髮精洗頭髮，用同樣的毛巾擦乾頭髮，還擦上擺放在鏡子前的化妝水與乳液，任何人都能使用的洗髮精與乳液散發味道，成就相同的味道。我是我的朋友們，是昨晚投宿的客人，是隔壁、上面、下面房間的客人，也是明天入住的客人，是任何人。那天也是這世上任何人的生日。

「好！我ＯＫ！」

雅蘭先說要跟曉瑛一起離家，雅蘭拉著曉瑛的手臂，不斷搖晃著說「好呀」和「找到新事物了啊」。有時也會像今天一樣，找到橘子口味的蘇打餅乾。

「我也要去。」

我這樣說。曉瑛點點頭，我們將手上的蘇打餅乾放進嘴裡。

關於手機，我們也有過一番爭論，曉瑛想帶手機，但雅蘭和我說不行，帶著手機的話就會想開機，開機的瞬間就會被定位，這我跟雅蘭很有經驗。但曉瑛說沒有手機她不離家，問她為什麼，她說：

「就是要這樣。」

曉瑛的嘴很硬，她一開口就等於丟出一顆頑石，頑石順著江水遠去，我們想說出口的話就會像江水四散而去。曉瑛向我們承諾絕對不會開機，她露出潔白的牙齒，像從水中撿起的石頭一樣。曉瑛拿起紅筆寫下。

「手機與充電器。」

筆記上的文字有四種顏色，紅色是曉瑛、黃色是雅蘭、藍色是我，黑色就是我們共同要準備的物品，我們從第一個詞開始，邊標上圓圈，邊一起念出來。

「二十萬，黑色；內衣褲與幾套衣服，黑色；牙刷也是黑色；除毛刀、手持鏡子是黃色；ＢＢ霜、修眉刀、眼線、眼影、口紅是紅色；洗髮精、肥皂，藍色……」

曉瑛提議要去首爾，雅蘭與我都同意，但對於何時要出發，意見還是分歧中。雅蘭認為既然要離家出走就在期末考前走，曉瑛則是說考完期末考再出發，可見她確實有想離家的想法，但無法放棄成績。而我則是都無所謂。

曉瑛身著米色褲裝、白色休閒鞋，拖著一只紅色行李箱出現，我一直盯著曉瑛的褲子下襬或是行李箱的把手。

「居然帶紅色行李箱。」

我穿著三線條運動服、背著一個購物袋，曉瑛看到我後揚起嘴角，而我也勉強揚起嘴角，明明有講過可能會有連洗臉、刷牙都很困難的時候，明明知道米色褲子、白色休閒鞋穿個三、四天就會髒，而紅色行李箱根本就不方便攜帶。整個人看起來一副學生樣的曉瑛，非常可笑，不過那個紅色行李箱不僅漂亮，也跟曉瑛很配。連離家出走都非得要拖個紅色行李箱的曉瑛，她的態度就像她說出那句「就是要這樣」一樣，相當果決。我想就算是碰上淹水或戰爭，她都會拖著那紅色的行李箱離家，就算有人覺得她可笑，她也不會加以理會。

曉瑛走起路時，褲子的膝蓋那邊會明顯浮出骨頭的輪廓，然後再消失，我瞄了一眼我的膝蓋，運動服覆蓋的膝蓋部位並沒有隨之浮現，幸好。我的購物袋裡放著兩隻小豬存錢筒，小心翼翼地不發出錢幣互相碰撞的聲音。

雅蘭戴著一頂繡有ＮＹ的棒球帽，背著書包出現。

「褲子哪邊買的？」

雅蘭一看到曉瑛就不斷問她身上衣服的事情，說褲子跟行李箱很漂亮、跟曉瑛很搭配、她也想買，不過她也說沒幾天後褲子就會髒、行李箱會成為負擔，但那身衣服真的跟妳很搭配云云。那些我不敢說、說不出口的話，雅蘭毫不在乎地統統說了。

在曉瑛的紅色行李箱內側口袋中，有一張信用卡，雅蘭的包包裡有金戒指與金項鍊。在商城的入口，我們分開各自行動，曉瑛到ＡＴＭ去領現金，雅蘭去賣金戒指跟金項鍊，我則是去銀行把零錢換成鈔票，最後再度回到商城入口。將鈔票放入皮夾後，曉瑛說：

「從頭開始？」

第5章——大叔們

我們走進三層建物後方的新宿髮廊，這是大田市區最大的髮廊，每回經過這裡，我都會觀察裡面有哪些人，那些人的頭上都戴著塑膠浴帽，坐在椅子上翹腳，膝蓋處都放著一個大抱枕，抱枕上方都有一本雜誌，然後一手拿著馬克杯，有人吃著餅乾、有人正在保養指甲，看起來不像是為了做頭髮，反而像是為了享受貴賓級待遇而來的。

店員用日語打招呼、安排我們入座，並以跪姿送上髮型書與飲料菜單，曉瑛選美式咖啡、雅蘭是冰沙，而我則是冰巧克力，我們邊喝飲料邊看髮型書。

「三個人都弄一樣的話，馬上就會被抓吧！」

雅蘭這樣說。曉瑛選擇保養指甲，雅蘭選擇染成藍色，而我選擇燙成捲髮，我們翹起腳認真看著滿是廣告的雜誌，在這間髮廊花掉各自攜帶的二十萬韓元中的十幾萬韓元。

「我們去首爾也會吃東西吧！」

雅蘭將鼻子靠近鏡子說。我正拿起盤子上的餅乾，但曉瑛也留了幾片，所以我只好放下手中的餅乾。

火車從大田站飛奔往新灘津站時，會經過邑內洞鐵橋，能看到山坡頂的東建公寓、看見我家的窗戶，第一次知道原來火車裡的人可以看到我家。如果姜依現在望向窗外的話，就會與我四目相對，所以姜依每每看著毫無行人的窗外，可能就是在跟這些離開的人四目相對。朋友們應該都還在學校裡，他們應該在學校聽著火車聲呼嘯而過，那逐漸遠去的火車，其實內部很安靜。

在首爾站下車的我們往地鐵站走去，在售票機前我吞了一口口水，望著地鐵路線圖，那帶有各種顏色、花花綠綠的路線讓我迷惘，因為大田地鐵一號線目前還在施工中，我從來沒搭過地鐵。不知不覺望向曉瑛，擁有外國糖果鐵盒的曉瑛、可以流暢念出英語教科書的曉瑛，理所當然有搭過地鐵才對。曉瑛雙手插在口袋，靜靜地站著，明知我看著她，她卻刻意轉向其他路人，假裝沒看見我的凝視。

我霎時領悟到離開了大田，就算是田民洞的孩子，也不過就是忠清道[4]的孩子而已。曉瑛的米色褲子此時看起來很蠢，首爾的孩子好像不穿這種褲子。不過，首爾的孩子離開韓國的話，情況也是一樣的，我們其實都是邊疆人士。我們觀察首爾人怎麼買票，將票投入票口，通過閘門的那一瞬間，就好像考試過關一樣開心。

4.「朝鮮八道」之一，朝鮮八道為現時南北韓的行政區劃基礎。忠清道位於朝鮮半島西南部，全區皆南韓所轄，現今主要城市包含忠州、清州、公州、天安，以及本書主角居住的大田。

我們找到可以替代無人汽車旅館的無人空間，那是個躲藏的好地方，是沒有裝設監視器的大樓的緊急逃生梯。在大樓屋頂的入口處，有一台堆滿灰塵的三輪腳踏車、看不出來是什麼的木雕像，以及馬鈴薯布袋一類的東西，不論是哪一棟大樓，屋頂上的門總是緊閉著打不開。

「如果總是要關得緊緊的話，那幹麼要做這個門咧。」

曉瑛把屋頂入口處的那些雜物統統裝進行李箱裡，雅蘭打開消防栓把消防水管裝入包包，我背的購物袋很快破了，我帶的幾套衣服露了出來，所以把牙刷一類的物品放進雅蘭的包包裡，我們在樓梯間吃飯、換衣服、睡了個午覺。

涼爽又安靜，當開始覺得無聊時，就收集那些投放在信箱裡的廣告跟通知書，期待能從中看到一些有趣的信件，不過信箱裡一直沒有我們期待的信件。只有像電視購物雜誌一類的東西，只能看著那些我們不曾吃過的比薩口味，評論雜誌內那些模特兒的臉蛋。如果口渴，就去翻找放在大廳的那些牛奶盒，如果膩了，就到大樓社區的公園遊樂場，會有載著襪子或是圍脖的貨車，一邊用大聲公攬客、一邊緩緩行駛著；一些媽媽們會一邊推著娃娃車，一邊大聲聊天，還會有不知道是哪家的狗正在不斷狂吠。不論是什麼聲音，在平日白天的大樓社區裡，就跟已經人去樓空的空房一般冷清、安靜，我們就好似不同的存在，不知道這些看起來絲毫不關心我們的人，會不會默默觀察我們，然後報警。

我們走入身心障礙專用廁所後鎖上門，四四方方的廁所沒有使用過的痕跡，鎖上門也不會有人覺得奇怪，我們在那邊刷牙、洗頭髮、洗內褲，穿著溼溼的內褲走來走去，用體溫烘乾。當坐在遊樂場的老爺爺留意地看著我們時，我們就轉往另一個大樓社區。

晚上的逃生梯很不安全，因為逃生梯多半都有設置感應燈，人移動時，感應燈會像發出信號般地自動開燈，就算人靜止不動時，也會因為感應到什麼而自動開燈。每次化妝時我們都會討論該去某個社區看看，雅蘭想起「明洞豬排飯」與「明洞義大利麵」，大田市區的豬排飯跟義大利麵我們都吃過，飯前會送上湯的豬排飯店家是溫暖的，飯後會提供汽水的義大利麵店家是親切的。

在明洞站下車後，往明洞中央路前進的人很多，黑壓壓的人群如馬拉松那樣長，就像蟻群占領道路，我們快樂地與蟻群合流，想去找找真的豬排飯店與義大利麵店，然後等著天黑、等著霓虹燈閃爍。到了十一點，明洞的人群就像約好似地一同往地鐵站走去，店家一間間關上燈，逼近十二點時，人們開始快步跑往地鐵站，明洞淨空下來。至於大田的話，市區就是銀杏洞，不論白天或是黑夜，所有娛樂活動都可以在銀杏洞解決，所以越夜越美麗也是理所當然的事，因此當夜晚與淨空的市區兩件事並行時，就顯得很奇怪。

「大家都要去哪裡啊？」

我們抓住正走向地鐵的路人詢問，那個人挑眉走過。

「現在人最多的地方是哪邊？離這裡最近的地方。」

又抓住其他路人詢問。

「那要去鐘路。」

我們搭上計程車前往鐘路，這裡有我們所期待的霓虹燈跟人流。

「原來大家都往這邊移動啊！」

我們笑了出來，但那時的我們沒想過明洞的人與鐘路的人可能是不同的人群，就如同學校放學後，學生們會不斷湧入辣炒年糕、或是遊樂中心一樣，那時的我們以為明洞的人群會在某個時間點往鐘路移動，那時的我們並不知道首爾有多大，以及有多少人生活在這座城市，只是開心於我們找出首爾人的祕密通道。

我們每天都坐在鐘路。雅蘭走向一位喝醉酒的男性，並將他帶過來。

「為什麼要帶這個大叔過來？」

曉瑛抓住雅蘭質問。

「一起玩不是很好嘛！」

「錢呢？」

「沒問。」

雅蘭嘻嘻地笑著，爾後我只要看到醉酒的男性，就會走向那位男性。

「那個，我要回家，可是錢包不見了，可以借我回家的車錢嗎？」

確實曾有人掏出一萬元紙鈔給我。

「昨天不是給了嗎？」

有位男性看似跟我很熟，抓著我的手臂說。我馬上朝朋友們跑去。

「他說他昨天有給過我。」

怎麼會找上同一位大叔咧？那位大叔跟姜依妳真的很有緣。曉瑛笑著戲弄我，而那位曉瑛口中命運的大叔，則是搖搖晃晃地轉了個彎。

等到夜晚降臨，雖然只是坐在路邊，卻常常會有大叔過來問我們吃飯了沒？有的會好意詢問想吃什麼，說想吃什麼都可以買給我們，但都沒有人買我們想吃的漢堡給我們，個個都是帶我們去吃他們想吃的馬鈴薯豬骨湯或醒酒湯，點一瓶酒後開始說自己的故事，這些大叔故事裡的自己，全部都是偉大的人物，不論是光頭、全身帶有餿味或是手指甲黑黑的大叔都一樣。

「我也想跟大叔一樣生活。」

曉瑛說著違心之論，與大叔們乾杯，大叔們都會說想點什麼就點，然後自顧自地拉高音量呼喊著在這些店裡工作的阿姨。

這些大叔都沒有跟我們說他們的名字，卻都會問我們的名字，雅蘭說就新取一個名字，我看著招牌、宣傳單，專注在名字這件事情。世上存在的名字，多有其取名的理由，就像取名為「兩倍大的超市」就是想成為兩倍大的大超市，叫「培根蛋麵（carbonara）」就是跟培根蛋麵一樣的長相，當想成為什麼，或者已經是什麼時，那個什麼就是那個樣子。有時也會有與名字不相符的人，記得國小時有位叫「帝王」的男同學，帝王一笑就會用手遮住嘴，說話的時候都不敢看對方的眼睛，帝王不像帝王，帝王一點都不想成為帝王的樣子。

「李姜依。」

我喊出我自己的名字，不過這個名字更常用在我家的狗身上，我好似一直在等待某處有人叫我的名字，但一次都沒有過。就像十字謎題的填空，找尋名字的關鍵，想著這個名字、那個名字、我的名字，但統統都不適合，不論是郎依、還是糖依，都與姜依沒兩樣，若說適合我的名字，那非「菸灰缸」莫屬。我什麼都不是，也沒有想要成為什麼，就只是想要變成不是瘋子的某個人而已。我只想成為無人汽車旅館的任何人而已。

雅蘭幫自己取名為「邦妮」，但她一點都不像邦妮，邦妮的眼睛應該要是又大又圓，細腰窄肩、櫻桃小嘴，不過「雅蘭」這個名字也同樣不適合她，但雅蘭的內心深處又好像與「邦妮」這個名字十分匹配。

「我不用，隨便就好。」

曉瑛沒有思考新名字，最終我們成為任何一個名字，雅蘭堅持想成為「邦妮」，但也沒有將那名字掛在嘴邊。就像我填入「菸灰缸」這個回答時一樣，我們隨意決定名字：喝燒酒時，成為「李瑟希」；看到有玫瑰紋身的大叔時，成為「鄭美燕」；吃生魚片時，成為「李巴達」[5]；難以取名時，就會用既有的名字，班導的名字、班長的名字、藝人的名字、漫畫主角的名字等等，用班導的名字時，就會不知不覺地擺起班導的架勢。就這樣，我成為燒酒、成為天空、成為漫畫主角，也會有瞬間成為某個名字，而在某一瞬間，這名字比起我自己的名字更適合我。

跟大叔們說出別的名字時，表示我們在大叔面前成了另一個人。大叔馬上猜出我們的綽號，說曉瑛很像經常擔任主角的女演員K、雅蘭就像女子偶像團體中最會唱歌、最圓滾滾的S，大叔們一次就猜中，對我也是。

「妳像狗。」

從小，我就有「小狗」、「狗屎」、「狗鼻」等綽號，也會有同學就像叫小狗一樣叫我，有人把我聯想成狗，跟同學一起進到化妝室時、跟同學一起吃

5. 在韓文中，李瑟希有酒的諧音，鄭美燕有玫瑰的諧音，李巴達有大海的諧音。

午餐時、吃完午餐去運動場散步時，朋友們總是說我「像隻狗」，當我反駁時，他們這樣說：

「因為妳都搖著尾巴開心地跟著啊！」

「直到說『開動』為止，妳都只是看著飯等待！」

「散步的時候也是邊聞著什麼，表情很開心的樣子！」

他們認為我對他人很忠誠，所以每回離家都是為了表示對朋友的忠心。媽媽一直覺得我跟著雅蘭走，會變成「壞水」。

「才不是咧！」

「那不然為何離家？妳跟狗一樣沒有媽媽嗎？還是妳缺什麼嗎？」

無話可說，我從來都不覺得我像狗，只不過是很有義氣罷了！一起被抓就一起被抓，絕對不會放任朋友在街頭，就我自己一個人回家。只有在學校被當成外來者的那些朋友們，把我當成自己人，又因為沒有人守護我們，所以我們這些外來者必須遵從義氣，越是遵從義氣，就越被當成小狗。

大叔們每回提到「狗」，雅蘭跟曉瑛都忍不住笑意。我滴滴咕咕地說都是髮型的關係，曉瑛是直髮，所以看起來像演員，而雅蘭染成天空色，所以像偶像歌手一般。不過，也不能保證弄成直髮的我就會像演員，染髮後的我就會像歌手。

大叔們說要幫我們找睡的地方，所以帶我們去無人汽車旅館，跟我們一起在房間地板上圍成一圈、一起喝酒。這跟與朋友在一起的無人汽車旅館不同，那些人是希望我們快點喝醉而不斷勸酒，我們則是想要快點結束這一攤而一直喝酒，大叔們跟我們就像在棋盤上各使陰險手段的棋手一般，不斷地舉起酒杯，想要讓對方喝醉。

有的大叔會用明天要帶我們去百貨公司、去美容補習班報名這類懷柔手段；也有的大叔會一邊說著我們手很漂亮、耳朵很有福氣之類的話，一邊想要吃我們豆腐；也有從皮夾掏出鈔票放在中間，說要一起玩遊戲的大叔，說我們贏的話就可以拿一張，輸的話其中一人就要脫一件衣服。有的時候，對待這些大叔可以像對待父親一樣採用懷柔手段，有的大叔則必須很直接地說討厭，但更多時候是因為我的購物袋破了，身上套著好幾套衣服，因而可以撐下去。

這些大叔對我們來說都不是人，就只是大叔而已，不過有一位大叔，短暫地被我們視為人。麵包店店員收拾著陳列架上剩餘的幾塊麵包，服飾店的老闆關上店面的燈光，站在黑暗的櫃檯中算錢，白天營業的店家如今都到了關門時刻，而原本還沒開門的酒館則逐漸到了開門的時間。我們蜷曲著身子，抱著膝蓋坐在較早關門的店家前階梯上，猜測著原本黑暗的招牌，會以什麼顏色開啟。對面商店的大叔拉下鐵捲門、用鑰匙上鎖，將鑰匙放入口袋，手拿著包包轉過身來，他看到我們之後嚇了一大跳，原先提在手上的包包改抱在胸口，猶豫了一下就像其他路人一樣盡量不與我們四目相對地離去。

「那人嚇到了，對吧！」

我們朝地上吐口水，再用鞋底攪一攪我們吐出的口水，看著黏在鞋底的口水，抬起頭的瞬間，有一張一萬元紙鈔，就在我們眼前。

大頭貼店的老闆站在我們面前，他的上眼皮有著一滴汗水，微笑延伸到嘴角，我是第一次看到這種表情。

「去買個什麼吃吧！」

這位大叔向我們說明如何拍出特別又好笑的大頭貼，喀擦聲音響起，我們在拍照的時候，大叔總是會擺出奇怪的姿勢。大叔的額頭總在冒汗，那滴汗經過眉毛、上眼皮，然後進到眼睛裡面，但大叔不擦汗，只拚命眨眼，繼續擺著姿勢，似乎是要讓我們覺得有趣，卻也讓他搞得狂噴汗。他說他計畫要去海邊賣一個月的紅豆冰。

「我出錢、妳們來賣，漂亮妹妹來賣的話，一定很多人會買的吧？也不用賣一整天，只需要在最熱的時候、賣個五小時左右，三個人一天只要賣掉二十杯，然後坐在遮陽傘下，看海吃冰，工作結束後隨妳們玩，我會幫妳們找住宿，不要睡在街頭，一起來工作吧！」

離開這花花綠綠的街道，我想像著海邊，想起紅豆冰上的各色果凍與淋在上面的糖粉，以及客人遞上的鈔票、夜晚海灘上的鞭炮。好像遇上了不錯的合夥人，我把我的本名與年紀跟大叔說，雖然我不覺得本名與年紀有什麼意義，不過我不想騙那位大叔，想跟那位大叔走，想每天聽那位即使汗如雨下也要讓人開心的大叔說他的故事。大叔說謝謝我告訴他本名，他從包包裡掏出筆記本，寫下我的名字與年紀。

「這名字對我來說就像是禮物一樣，我一定會好好收著。」

大叔將筆記本放在胸前的口袋，手撫著胸口。

「以前我也曾經、曾經這樣過日子。」

我搖晃著頭，大叔則是皺皺眉頭笑著，沒有說話。

好人大叔說他在房間的一角瞇一下就走，我們則是到床上睡覺，但我們沒有睡得很熟，因為每回睜開眼睛都能看到躺在角落的大叔，大叔就像黏在樹葉後方的蠶蛹蜷曲著。聽到秒針的聲音、聽到車流經過的聲音，車頭燈一閃而過我們的房間，在一閃而過的燈光下，我看到大叔像蛇一樣臥倒在地上盯著我們，他像時針一樣緩慢地、花費不少時間逐漸朝我們靠近，稍停下來的時候還假裝發出打呼的聲音，我覺得要這樣認真裝睡的大叔真可憐。天漸漸亮了，大叔離我們的床越來越近，大叔的汗味飄進我們的鼻子，是流了多少汗啊？彷彿大叔一路爬過來的路上布滿水漬。他的一隻手伸到床上，睡在床邊的曉瑛跳了起來。

「有蟑螂爬到我肚子上！」

曉瑛拍了拍肚子，看著躺在床下、緊閉雙眼的大叔，曉瑛換到離大叔最遠的地方，現在換我躺在離他最近的位置。我瞇著眼看大叔，如果說大叔的睡覺習慣就是把手放上來，那我的睡覺習慣就是把大叔的手打回去。

「走吧！」

我搖醒睡在一旁的雅蘭，假裝要買衛生棉，然後我們就逃跑了，還順便帶走大叔的包包。大叔追了出來，我們各自逃竄，大叔追著我跑，抓住我的頭髮。

「妳這個狗娘養的！」

我被抓住頭髮，只能舉雙手證明包包不在我手上，大叔把手伸進我的口袋，我的口袋空空如也。大叔哭了起來，下巴不斷顫抖，除了狂罵髒話之外，還擺出一副求情的樣子。

「拜託救救我。」

我也開始哭泣，大叔放開我的頭髮，我跟大叔邊哭、邊看著對方，我退了一步，大叔低下頭，我看到他的淚水不斷滴落在柏油路上，他向後轉身，曾經被我們認定是個人的大叔，就這樣消失在我面前。大叔與我們都認為對方很可憐，但我們都無法幫助對方，大叔還是大叔，而離家出走的青少年，還是離家出走的青少年。

每次被抓住頭髮時，我都想求救。在路上被甩巴掌時也是，而每回粗大的手掌飛過來，我的脖子好像被打歪時，我都清楚地知道自己有多弱小。

想起十歲的記憶，我曾經走到一個陌生的社區，手上拿著一隻已經變得硬邦邦的死掉小雞，走上一棟陌生的大樓屋頂，吟誦著漫畫看到的文句，將小雞丟往天空，可小雞沒有飛走，反而筆直地掉落，毫無聲響地碎裂。我抓著欄杆往下看了一眼，隨即將包包裡所有東西一一掏出往下丟，先是丟出玻璃球、接著是課本，然後打開筆盒丟出色鉛筆、自動鉛筆，以及筆芯盒裡的筆芯。最後走下屋頂，看到花園中我丟下的東西不是碎了、就是彎曲變形了，我站著看，直到眼前一片蒼白。那些東西的輪廓消失時，黑暗的那條線，就像有兩條線般，撿了起來、又各自斷裂，當時的我，第一次知道只有筆芯可以無恙地飛翔在天空中，並順利地著陸。

離家出走的青少年就像筆芯一樣無力，因為容易斷裂，卻又不輕易斷裂。一次、兩次，當大叔舉起手、而我們轉身之際，總是會記下這是第幾次。每次我們開始流浪街頭，總是有人拯救我們，而從大叔手上拯救我們的人，也是路上的陌生大叔。

早晨來臨時，我們會回到放行李的大樓屋頂，我們總是想睡覺，一直以來都是淺眠。感應燈亮起，因為是早上所以並不起眼，雅蘭邊打哈欠邊說：

「我們遇到的大叔其實都不是壞人，都是可憐人……」

「可憐的大叔不論是好人、壞人，都可能是預備犯。」

曉瑛打斷雅蘭的話這樣說。

「因為我們十六歲？」

我插嘴問。

「是啊！」

我們蜷曲著繼續睡，睡的時候感應燈依然規律地開開關關。

也會有哥哥們說要請我們喝酒。夜晚剛走、曙光乍現之際，領帶部隊、姊姊們、掮客漸漸消失，街道上多了些大叔跟哥哥在周圍悠然漫步，我們一眼就看出他們是耗費整晚的時間，卻還是獵豔失敗的失敗者。這些失敗的哥哥們找我們搭話，瘦巴巴跟胖嘟嘟的哥哥，好像搞笑組合一般的哥哥們，我們跟這些哥哥們到附近二十四小時營業的酒館。那時，雅蘭喜歡上其中一個哥哥，其中一個哥哥看上曉瑛，在化妝室補妝時，曉瑛說：

「他憑什麼？」

有一次，雅蘭不見了。我們換酒館的途中回頭一看，雅蘭不在，雅蘭旁邊的哥哥也不見了。在眾多掛著識別證的上班族來來往往的午餐時間，我與曉瑛認真地尋找雅蘭，找了曾去過的酒館、在汽車旅館聚集區東張西望，就是找不到雅蘭。直到穿著校服的學生下課之際，我跟曉瑛放棄找尋雅蘭，回到大樓頂樓，才發現雅蘭在樓梯平台躺著睡覺。我們搖醒雅蘭，她邊擦拭嘴角的口水，邊起身。

「回來啦？」

雅蘭的T恤拉高到脖子，袖子部分破了，一眼嚴重紅腫，下嘴唇破裂，雅蘭整理了一下脖子的T恤。

「被揍到脫掉為止。」

雅蘭像在說夢話一樣告白著自己的經歷，然後再次躺下擦了擦嘴角後入睡。我跟曉瑛看著閉上眼睛的雅蘭，久久不能自已。

到了夜晚，雅蘭脫掉那件被拉到脖子處的T恤，換穿新的T恤，說她跟那個哥哥有約，她用粉紅色的眼影將浮腫的那隻眼睛遮蓋住，當感應燈熄滅時，就揮揮手讓感應燈開啟。

「妳不是說是被強迫的？」

「嗯。」

雅蘭的眼神沒有離開過鏡子，只是點點頭。

「那為何還要見面？」

雅蘭放下鏡子看著我，一手撫摸著下嘴脣，感應燈又熄滅了，雅蘭再次揮一揮手。

「因為我喜歡，哥哥也喜歡我。」

我嗤之以鼻，雅蘭也以同樣的回應回敬我。

「傻孩子，愛情本來就是打打鬧鬧的。」

雅蘭連續好幾天都跟那一位哥哥見面，有一天那位哥哥沒有出現，雅蘭徘徊在公共電話不斷地留訊息與掉眼淚，但隔天又跟新的哥哥見面。雅蘭開始跟不同人鬼混，只要是哥哥。她會與某位哥哥一起消失、被某位哥哥性侵，不論是在公廁、在KTV的椅子、在商家的樓梯、在公園大樹前，只要性侵她的哥哥說愛她，她就會愛上那個哥哥。不久後，雅蘭開始跟大叔們鬼混，大叔也會性侵雅蘭，而雅蘭也會愛上他們。

「妳喜歡大叔？」

雅蘭以化妝的手法遮蓋臉頰上的傷痕。

「哥哥長大了就會是大叔啊！說起來不都一樣。」

「但他打妳了啊！」

我一把搶走雅蘭正在用的鏡子。

「那個人需要我！」

我手裡緊握著鏡子，閉上雙眼。雅蘭抓住我的手，撫摸著我的背，我逐漸鬆開緊握的手，雅蘭拿回鏡子，繼續化妝。

第6章——黑色條紋的貓兒

曉瑛的褲子滲出紅色印記。

「曉瑛！妳！」

我邊說邊指著曉瑛的屁股，我們正在熱鬧的鐘路街頭，只好快速走進隨便一棟建物，但那裡的化妝室大門深鎖，只好再往地鐵站走去。曉瑛沒有用跑的，只是縮緊下巴、眼睛看著前方、邁大步快走著，但她雙手緊緊握拳的姿態，以及紅色血跡逐漸擴大，讓我必須緊跟在後與她同一步伐，才能遮擋那血跡。我們走進地鐵站的身心障礙專用廁所，曉瑛脫下褲子，在洗手台上清洗那件米色褲子，但可能是米色的關係，所以不論怎麼搓揉都還是有細微的痕跡。

「媽的！」

曉瑛用盡全身力氣，幾乎要將皮膚搓揉開來似地不斷搓揉著褲子，最後將褲子重摔在廁所地上。

「髒死了！」

曉瑛不斷踢著廁所牆壁、滿臉通紅，我則是撿起地板上的褲子，用烘乾機吹乾。曉瑛帶我跟雅蘭去百貨公司，要買一件米色褲子。

「我們沒有錢啊！」

我壓低聲音對曉瑛說。

「我們有信用卡啊！」

「萬一已經申請遺失了怎麼辦？」

「不可能！」

安全刷卡過關，曉瑛站在賣場的鏡子前，看著自己的模樣，順便順一順頭髮，曉瑛最無法容忍的不是跟手指又黑又髒的大叔一樣生活在樓梯間，而是米色褲子沾上紅色血跡。但既然刷了卡，曉瑛的媽媽要知道我們人在哪裡，就只是時間問題而已。

「我們要換地方了，會被追蹤到的！」

我看了看四周說。

「等等，先去領錢。」

我站在正在領錢的曉瑛後方，整理了一下衣服，好似曉瑛的媽媽正透過ATM的監視器看著我一樣。

「現在我們要去哪？」

我搔了搔頭。

「清州。」

正在算錢的曉瑛這樣回覆。雖然我們不曾去過，但清州對我們來說是一個熟悉的都市，就如同我轉學到田民洞一樣，從清州到大田念書的人也不少，清州的孩子穿著上一季流行的鞋子轉學來到大田，清州的孩子比大田的孩子更常說忠清道方言，說他們想一起去市區的星巴克，說他們覺得大田的公車比清州的公車更快、更恐怖。因此我們決定要回到忠清道，去那個會覺得曉瑛穿的米色褲子非常時髦的清州。

在前往清州的客運上，我看到曉瑛拿出手機，從縫隙看到手機螢幕一閃一閃的，曉瑛按開電源，震動聲音不斷。

「曉瑛啊！曉瑛啊！」

呼喊曉瑛的訊息沒有間斷，曉瑛的父母白天擔心曉瑛會熱，晚上擔心曉瑛睡不好，又擔心曉瑛的吃穿。語音留言的訊息混雜了哭泣聲，曉瑛違反了不開機的約定，但我不忍指責她，我想起了每晚回家時，總是會為我準備一杯淨水的媽媽。

「一日不讀書，口中生荊棘」，是指一天不讀書的話，嘴裡會長出刺。這幅匾額是媽媽為我準備的，媽媽在匾額下放了一張小板凳，板凳上放一杯淨水，對著匾額行跪拜禮，淨水的一邊是很粗的長條年糕形狀蠟燭、一邊是我的成績單。午夜過後才回到家的我，總是會靜靜地看著躺在燭火旁的媽媽。

「媽媽的心好痛，姜依啊！」

好像快死了的姜依在我膝前舔著我，而媽媽現在說她快死了，我似乎成為一個將他人推入死亡的人，而媽媽一方面是被逼死的弱者，一方面卻要將我推入屬於媽媽的匾額中。媽媽是這世上最強悍的弱者，比筆芯更強悍的弱者，媽媽的匾額是世上最正確的凶器，比拳頭更殘酷的凶器。因為我深信，只要相信不會死，就不會死，所以我緊咬牙關。

曉瑛的手機，就像我的淨水一般，數百通訊息與語音留言一封封地到來，曉瑛會有什麼想法呢？曉瑛的心情如何呢？會跟聽到媽媽哭泣的我一樣，出現悲慘的情緒嗎？我看到曉瑛臉上浮現一絲微笑。

我們在清州市區找到一間房，一間不需要保證金的小房間，有了房間後，就不用跟那些大叔、哥哥見面，雅蘭撿回一隻貓代替那些大叔與哥哥，是一隻帶有黑色條紋的貓兒。

「現在有喵喵了，我們不能離開這個房間！」

雅蘭宣誓性地說。雅蘭除了會撿貓之外，還會撿很多東西，就像每天固定時間會出來撿廢紙的老人一樣，雅蘭總是在同一時間巡邏整個社區，撿拾著沒被踩爛的菸蒂，當我們沒有菸的時候會共抽一根，還有去超市將剛送到的溫熱嫩豆腐整籃帶回來。

「這是偷吧？」

我看著冒煙的整籃嫩豆腐，問著雅蘭。

「就說是撿的。」

雅蘭邊往嘴裡塞滿嫩豆腐，邊回答我。

「這是新的啊！」

「是啊！它就大刺刺地被擺放在超市前面的地上，所以我撿回來了。」

雅蘭的撿，包含著偷。對雅蘭來說，那東西有沒有主人一點都不重要，重要的是如何看待那東西，就算有主人，只要那東西看起來可憐兮兮的，她就會撿起它，而她也一律將這行為稱為「發現」。

曉瑛沒有抽雅蘭遞來的菸蒂，當雅蘭撿貓回來時，曉瑛也一直說要將貓放回街上，雅蘭說貓兒生病了，不可以放回街上。但貓兒明明看起來很健康。雅蘭說在街頭流浪的貓咪本來就會生病，就算看起來沒事，只要仔細檢查，就一定會發現哪裡有病痛，例如背上化膿，或是戴著要翻開毛髮才能找到的那種項圈，都不是的話，也有可能是失去了媽媽。

「真的生病的話，就帶去看獸醫！」

曉瑛指著玄關說。

「我們沒有錢！而且絕對不可以去看獸醫！我曾經在路上撿過一隻狗，那隻狗也像這隻貓一樣看起來很健康、很可愛，可是牠就那樣靜靜地躺在路邊，一群小孩圍著牠，小孩說他們看到牠被車子輾過，所以牠才躺在地上齜牙咧嘴地叫著，其實那樣也很可愛；不過我做好一定會被咬的心理準備，去買了並戴上兩層的棉手套，但狗狗完全沒有咬我，我就這樣安全地把狗狗帶去看獸醫。但牠一看見醫生就狂吠，醫生說可能是內臟破裂，問我有沒有錢，我說我沒有錢。然後醫生說他會想辦法治療牠，要我回家，瞬間我有種被驅逐的感覺，默默走出動物醫院，卻忍不住一直從窗戶外望著狗狗，醫生幫牠打了一針，牠逐漸睡去。」

「然後呢？」

「醫生抱起死掉的狗狗，一隻手拿著鏟子，我悄悄地跟在醫生後面，醫生用鏟子挖坑，要把狗狗埋起來，那裡面還有很多骨頭；隔天我去動物醫院質問醫生狗狗如何了，醫生說牠都好了，而且有了新的主人。我馬上跑去山上挖那個坑，包含那些埋藏已久的骨頭跟狗狗，然後我帶著狗狗回到醫院去，放在診療檯上。」

「真的？」

「不，假的！醫生將狗狗丟在垃圾桶，我悄悄去翻那個垃圾桶，垃圾桶裡滿是狗狗的屍體，我把牠們都帶到山上掩埋。」

「妳說真的？」

「不，也是假的！」

「到底哪裡是真的啦？」

「沒有錢，這是真的。所以絕對不能帶去看獸醫。」

曉瑛沒有繼續反對，雅蘭偷了狗狗的飼料，泡在水裡餵貓兒吃。

每當雅蘭跟我去取山泉水回來時，貓兒總是在窗台上。

「喵喵下來！」

不論我們怎麼叫牠，牠就是不下來，連拿出天下無敵的香腸誘惑牠，都只是讓牠更加蜷曲牠的身體。雅蘭爬上椅子將手伸向貓，但被貓咬了一口，雅蘭只好一隻手讓牠咬著、另一隻手抓住貓，貓咪的額頭有一道暗紅色的傷口。

「牠怎麼了？」

雅蘭問曉瑛。

「不小心燙到的。」

曉瑛邊喝著山泉水邊回應。

「妳說什麼？」

「抽菸的時候，一個不小心燙到的。」

「怎麼燙的？」

雅蘭繼續追問。

「就我正在抽菸，牠突然跑進來。」

雅蘭買了一條膚即淨乳膏（Fucidin Ointment）回來，塗抹貓咪額頭的傷口，貓咪不斷地舔著藥膏，額頭上那黑色傷口逐漸擴大，簡直要跟牠的身體一樣大。

窗戶敞開的那一天，貓咪不見了。雅蘭到街上找牠，每看到一隻貓就會問：

「那像我們家喵喵嗎？」

不論是看到黑色、或是黃色的貓，都一樣。

「那像不像我們的喵喵？」

雅蘭指著溜滑梯下方說著。不論是我還是曉瑛都沒有反駁，雅蘭並沒有移動到溜滑梯前方。

「走吧！」

我拉著雅蘭。

「是我們的喵喵對吧？」

雅蘭面向溜滑梯這樣說。我看向溜滑梯下方，那邊一片黑暗，除了貓咪的眼睛外，根本看不清楚是什麼樣子的貓咪，更不用說完全看不出牠的體積。

「走吧！雅蘭。」

「喵喵！」

此時，那隻貓咪從溜滑梯下面探出頭來，額頭有一道黑色傷口。

「真的是我們的喵喵！」

曉瑛聽到雅蘭的話就跑過來，貓咪看著我們，我們牽手逐步向貓咪走過去，貓咪不斷掃視我們三人，最後完全走出溜滑梯下方。我們一步步慢慢地向前走，貓咪也開始走向我們，我們朝著彼此走去，貓咪用牠的背輪流搓揉我們三個。

「我們又見面了！」

「妳看，牠又在搓揉我們。」

「牠肯定是記得我們！」

我的手輕撫著牠的背，好柔軟，喜歡貓咪的雅蘭、不喜歡貓咪的曉瑛，還有不到喜歡、卻也不會不喜歡貓咪的我，全都覺得這是奇蹟。我們將貓咪帶回來、然後牠跑不見、接著我們再次相遇，因為喵喵的那道傷口，讓我們就算弄丟了牠，也不會永久失去牠，雅蘭這樣說。

當曉瑛第一次說我們去找打工時，雅蘭不能理解曉瑛，好不容易脫離了學校，能擁有自由的時間，如果要打工的話，還不如去上學。

「要有錢才能去動物醫院啊！」

動物醫院這句話讓雅蘭安靜下來，繳房租的日期逐漸逼近，如果沒有準備好錢，我們就會再度回到樓梯間生活。我想像著在餐廳工作的我們，盤上頭髮、打上蝴蝶結、穿上套裝，為客人服務的身影。

「歡迎光臨，客人您好！請隨我到為您安排的十二桌。」

身上戴有如同警察用的耳機麥克風，按了按耳朵上耳機的按鈕說：

「十二桌客人進去了，請準備！」

還有其他的想像畫面，就像網球選手一樣穿著粉紅色百褶裙、戴著粉紅色打獵帽，挖出一球又一球的冰淇淋。

「客人，您的中杯藍莓草莓雙份冰淇淋好囉！」

感覺不錯。

第7章——打工

沒有一家店會同時僱用我們三個，在被幾個地方趕走之後，我們決定一次只能一個人進去一家店，好多店家都會問年紀跟身分證字號，我們就隨便說個號碼跟年紀，然後就會聽到看起來好年輕這類的話。曉瑛看到一間招牌寫著「秀」的店家就走進去，沒想到那是一間賣酒的酒吧，隨後她被拒絕而走了出來。雅蘭問是不是在那邊工作就可以免費喝酒，她覺得很棒，酒吧老闆說他們需要一位能喝很多酒的店員，決定僱用雅蘭。就在雅蘭選擇到酒吧打工的隔天，曉瑛選擇到咖啡廳，而我則選擇到生魚片專賣店打工。

在生魚片專賣店打工的第一天，老闆一邊教我、一邊問我：

「喜歡奶油飯嗎？」

他說是第一天上班會給的見面禮特餐，兩手分別拿著一碗飯與一碟泡菜朝我走來，飯上面有一塊奶油與一湯匙的醬油，奶油飯非常甘甜香醇，我馬上將碗清空。

生魚片專賣店的老闆不會切生魚片、也不會煮辣魚湯、更不會做起司玉米，但是很會數錢；而廚房裡的阿姨會切生魚片、煮辣魚湯、做起司玉米，但看起來好像主要工作就是看電視，廚房阿姨把電視節目表全部背起來，連不同時間點的連續劇內容都一清二楚。訂單進來時，阿姨眼睛邊盯著電視，邊切生魚片，或是邊煮辣魚湯，我則是看向碗櫃，一一記住哪一櫃放著哪一種碗盤。

隔天、再隔天，老闆還是弄奶油飯給我吃，奶油飯真的很好吃。

「妳不膩嗎？」

阿姨接過我遞過去的空碗，這樣問我。

「想吃其他東西嗎？」

我點點頭，阿姨從客人吃剩的秋刀魚中，挑出乾淨的部分放到盤子裡，在碟子裡倒進醬油與山葵，跟秋刀魚一起遞給我。

「吼！阿姨！明明就有飯幹麼這樣，她又不是小狗。」

老闆數錢數到一半插嘴說。但阿姨比出「快吃」的手勢，在秋刀魚面前我終於成了小狗。

碗盤櫃上的碗盤順序與八頁的菜單我都已經背完，也找出如同阿姨能邊看電視邊工作的規則，有客人時看著客人、沒客人時就看著水族箱裡的魚。這群魚當中就屬比目魚最好，比目魚的臉看起來都一樣，眼睛在同一側，側身躺著過日子，對比目魚來說，這是正常的。客人們最喜歡選比目魚，所以當客人進來後，會從水族箱撈出一隻比目魚，當客人走了、一隻比目魚也跟著消失。不過水族箱裡的比目魚從未缺席，水族箱裡一定會有比目魚，當新的比目魚進來時，我總是會覺得是昨天那隻比目魚，明明每天都會換上不同的比目魚，我卻覺得都是同一隻比目魚，我想客人也是這麼看待我。

一開始，我以為這些魚是從海邊送來的，後來才發現是隔壁巷子的生魚片專賣店送來的，只要老闆打一通電話下單，就會有穿著工作服和長靴的大叔背著很大的塑膠袋，裡面裝有許多隻魚過來。那些本來在隔壁巷子水族箱裡的魚，原本是在其他水族箱；在水族箱之前，是在某個養殖場；而這裡是這些魚最後的水族箱。

「游游看！」

我敲了敲水族箱，但比目魚不願意動，就像被切成切片似的，整整齊齊地疊躺著，因為牠的背是土色的，所以跟水族箱底部的土融合起來，就像比目魚疊躺著。用魚網網住比目魚時，比目魚就會露出白色肚子跳啊跳，有時還會直接跳到地板上，為了抓住掉在地上的比目魚，我會伸出手抓住滑滑的比目魚。每次抓過比目魚之後，就要用肥皂不停地洗手，但手上依然會殘留洗不掉的魚腥味。

天色方亮，雅蘭才會帶著一身酒氣回到家裡，雅蘭的店不給餐，但雅蘭總是很飽，因為雅蘭可以盡情吃店內所有下酒菜。雅蘭回到家的第一件事情就是找馬桶，雅蘭吐出來的東西，有時是酸酸甜甜的味道，有時是沒消化的肉塊與像是鳳梨的東西漂浮在馬桶裡。曉瑛的店可以吃賣剩的馬芬，馬芬的種類很多，每天可以吃到的馬芬種類都不同，所以曉瑛沒有任何怨言；若馬芬都賣光了，也還有餅乾可以吃。

我們在各自打工的店裡，一瞬間背了很多、學了很多、獲得很多，雅蘭學會將那個什麼格蘭菲迪（Glenfiddich）、還是皇家禮炮（Royal Salute）的威士忌一一陳列在架上，獲得胃炎；曉瑛學會濃縮咖啡機的使用方法，獲得咖啡心悸症；而我學會將數十個碗盤疊起來的方法，獲得了肌肉痠痛。

自從雅蘭在酒吧打工後，就變得常常點頭。每次跟她講話時，她那緩緩點頭的行為，就像是大人們才有的行為，那是輔導老師一類的人，為了表示他用心在聽的點頭行為，是唯一外顯的行為。看著電視的雅蘭彷彿跟電視裡的人四目相對一般，誠心地點著頭，有時還會自言自語。

「啊！是這樣啊！」

「你幹麼這樣？」

「什麼？」

「不是，什麼都不是。」

雙眉呈現八字眉的雅蘭與電視裡的人四目相對，說「啊！」時會點頭，對話結束時會拉長語尾，這應該是職業病。當酒吧裡的大叔們坐在對面說話時，雅蘭會不斷點頭說：

「啊！是這樣啊！」

我跟著雅蘭點頭。

雅蘭的薪水比我跟曉瑛加起來還多，所以在小費拿得多的日子裡，雅蘭會去二十四小時咖啡廳買蛋糕回來，蛋糕一定會插著四根蠟燭，代表雅蘭、曉瑛、我，還有貓兒，喝醉的雅蘭點好蠟燭，數著節拍準備唱歌。

「讓我們一起來祝賀，祝賀我們——」

猛然停住，因為不知道要祝賀什麼，雅蘭猶豫了一會兒之後繼續唱著。

「祝賀我們有好吃的蛋糕！」

蛋糕永遠是祝福。

「不是希望妳們也遇到那種汙穢骯髒的事情，是那種事情不論在哪裡、怎麼過日子都會遇到。跟客人喝酒又怎樣，他說他喜歡我，是為了看我而來的，我就是接受了客人的好意，才能有這個蛋糕啊。」

雅蘭遞來一片蛋糕後說著。每回吃到好吃的蛋糕時，都能聽到雅蘭長篇大論，這是我第一次覺得雅蘭看上去很聰明。貓咪跟我們的嘴角都沾上鮮奶油，開心地吃著蛋糕。

我們在清州租好房間後，曉瑛每日都會洗兩次臉，睡前會做一些動作怪異的瑜伽，而且還做很久，星期天一定會將白色鞋帶洗得乾乾淨淨。曉瑛比在田民洞的她更精明幹練，當我們在清州市區閒晃時，路上的哥哥們總是不斷看著曉瑛。曉瑛每次洗她的白色運動鞋鞋帶時，我都在她旁邊洗我的褐色運動鞋鞋帶，我總是會等曉瑛剪完指甲之後，再接著剪我自己的指甲，而曉瑛看著我，丟出一句話：

「妳就是因為這樣才留不了指甲。」

為了隱藏我的指甲，我握起了拳頭。

「這都是有訣竅的。」

曉瑛是個有許多訣竅的孩子，彈菸灰時要用第三根手指彈、乳液要從鼻梁開始塗抹、視線要往下看右側然後微笑、穿鞋後鞋頭要踏地兩次，曉瑛的這一切對我而言都是訣竅。

曉瑛邊修剪眉毛，邊對我說：

「姜依啊，妳的夢想是什麼？」

這是媽媽常問我的問題。

「我們姜依的夢想是什麼呢？」

小時候的我總是回答：

「摺紙博士。」

某一年的兒童節，爸爸送我一本摺紙大百科，裡面介紹可以用一張紙就摺出這世上存在的所有東西的說明，封面折頁的部分有作者的照片，照片下寫著「摺紙博士」。那時的我會買色紙、撕筆記本、剪下口香糖包裝、分解購物袋，每天都在摺紙，摺星星、摺籃子、摺鬼怪、摺袋鼠，在紫色袋鼠的口袋裡，放進三隻不同的鬼怪，鬼怪的手上抓著用鋁箔紙做的籃子，籃子裡是用報紙做的星星。

「好！就當博士！」

媽媽很滿意我的回答，不過當與家人商量該如何寫「將來夢想」這個作業時，媽媽把「摺紙」兩個字用修正液塗掉，只留下「博士」的字眼。而我用那張紙，摺出一朵相當難摺的聖誕紅，交回給學校。老師站在講台上費了一番工夫才將我摺好的聖誕紅解開，然後對我發火，不過老師發火反而讓我很開心，因為那表示我摺得很好，很不容易解開。

如今我的夢想不是摺紙博士，我想起一個詞彙——瘋子，但我實在不知道該如何說明這個夢想，我不想成為一般的瘋子。我搔了搔頭，或許在我體內，還有另一個不知名的夢想，這讓我想起我的胎夢。我問過媽媽在懷我的時候，有沒有做胎夢，媽媽說她做了一個挖馬鈴薯的夢，挖出一個很大的馬鈴薯，帶回家烤了吃，用手指頭邊挖邊吃，遇到半生不熟的部位時，就再繼續拿去烤，烤完後再繼續吃。我想，可以做一個烤馬鈴薯的夢，不過就在我猶豫之際，錯過了回答的時機。

「妳呢？」

比起我的夢想，我更好奇曉瑛的夢想。

「不要笑我喔！」

曉瑛將貼在眉刀上的黑色細毛摘下來，邊笑著說。

「我想要去參加選美大會，脫穎而出之後到首爾當電影演員。」

我想起學期初寫過的計畫表，那份要寫想讀哪間高中、大學，以及將來夢想的計畫表，下面的欄位則要填寫要完成這目標必須得到幾分，這是一份每個學年都必須填寫的計畫表。我記得曉瑛寫的高中與大學目標都是忠清道知名的名門高中跟名門師範大學，而將來的願望則是寫「田民高中英文老師」。

「那田民高中英文老師呢？」

修著另一側眉毛的曉瑛回說：

「那是我媽寫的，我怎麼可能一生都被關在忠清道！」

「那妳媽不知道妳的夢想嗎？」

曉瑛越過鏡子看著我。

「就是知道我才會在這裡啊。」

曉瑛叫我不要笑，她卻自顧自地嘻嘻笑了起來。我不懂曉瑛的媽媽知道曉瑛的夢想這件事情，與曉瑛人在這邊有什麼關係，如同我看著曉瑛修剪她的指甲，卻還是看不出她的訣竅一樣。

第8章——裸身

曉瑛白色的T恤，看起來好似藍色，房裡就像一間藍色的水族館，貼了藍色玻璃紙的窗戶，是我們房間唯一的光線來源，就像水族館內的裝飾一樣，壁紙紋路隨著水搖曳。夏日的炎熱夜晚持續著，一旦醒來就難以再度入眠，頭髮跟衣服像海帶絲一樣黏在身上，那感覺就像夏日高溫之下，會黏在運動鞋底的柏油一般，身體散發出酸味，熱呼呼的氣體不斷朝我們襲來。

我摸摸額頭，身體沒有不舒服的地方，但好像微微發熱，汗水順著手掌流下，T恤早已溼透，但曉瑛動也不動，好像睡著就毫無感覺似的。我每天都想著要買一台風扇，但隔天又忘記這件事，在每一個無法買風扇的夜晚，想像著風扇的翅膀就在我眼前轉啊轉、吹來徐徐涼風。光是想像這場景就能幫助入眠，進入睡眠狀態時，還能聽到那風扇轉動的聲音。

曉瑛撐起上半身脫掉T恤，然後把T恤往遠處一扔，接著再次躺下，躺下的曉瑛的背，就像熱帶植物的葉子一般涼爽。我拿出放在頭附近的香菸，點起火來。

「不熱嗎？」

「熱。」

「那妳也脫掉。」

我脫掉T恤往後看，脫掉上半身的我們，像男子漢一樣並排躺著，我一直看著曉瑛的肩胛骨，直至入睡。還沒到雅蘭回家的時間，我醒了，曉瑛舔著我的乳頭，而我沒睜開雙眼。

曉瑛跟我晚上都脫掉T恤睡覺，直到凌晨時分、也就是雅蘭從酒吧回來的時間逼近，曉瑛就會起身穿上T恤，而我也跟著穿上T恤。

曉瑛表現得像沒事一樣，跟我的關係沒有比以前更近、也沒有更遠，我們開始理所當然地在夜晚脫掉衣服，就像在無人時攤開日記本一樣，在固定的時間會發生的祕密。曉瑛張開雙腿，我們連內褲都脫掉，光著全身入睡，曉瑛跟我的身體都有酸味，黏稠讓我抱著曉瑛的肉，曉瑛則是緊抓我的手，溼黏一掃而空。

「處理一下窗戶，太亮了。」

轉身躺下的曉瑛這樣說。

「我說，處理一下窗戶。」

曉瑛用胳膊撞了撞我，我看了一眼藍色的窗戶，隨後穿上衣服走到外面，我們窗戶外面有一盞非常明亮的路燈，我找了一些小石頭，一顆顆地往路燈丟去，但都打到路燈柱又彈回來。有行人經過，我就停下來等行人消失不見，再繼續丟，這回打中燈泡，燈泡像是爆竹爆裂般，壞掉了，接著我回到房間。房間暗暗的、曉瑛很安靜，我撫摸著轉過身躺著的曉瑛的頭髮。車頭燈透過窗戶閃過，消失的窗戶再度出現，曉瑛將棉被蓋到頭頂。隔天我到文具店買了一張很大的蝴蝶形狀貼紙，貼紙可以貼滿整個窗戶，當車子經過窗前，我們不會再看到亮眼燈光，而是一隻蝴蝶的影子，但曉瑛還是會把棉被蓋到頭上。

曉瑛經常脫掉衣服，而沒脫衣服的日子，她總是會緊閉雙唇，好似想要看透我。

「妳幹麼？」

曉瑛沒有回答，我用力在曉瑛眼前揮了揮手，曉瑛用力抓起我的手，指甲陷入我的手掌，非常用力。我靜靜地等著曉瑛的手沒力，然後悄悄收回我的手。

曉瑛持續好幾個小時面對著牆壁，下顎像貓咪一樣地縮著。

「貓咪凶的時候，不是在生氣，而是害怕。」

我因為曉瑛而覺得害怕，對曉瑛來說，離開學校與家會恐懼，但對我來說，我害怕跟曉瑛距離拉近，所以我維持著一定的距離。曉瑛逐漸變得尖銳，而我則是盡量當成沒看見。

「媽的。」

像念課本一樣，曉瑛清楚地念出來。

「媽的。」

曉瑛髒話不斷，我盡量裝睡，隔天曉瑛又會如常對待我。隔天，她脫掉衣服，再隔一天，她再次面向牆壁罵髒話。

「應該是害怕才會這樣。」

曉瑛逐漸變成另一個人，只要她叫我，我就會爬進她雙腿之間。

第9章——三個孩子

洗澡洗到一半不洗了的曉瑛打開浴室門走出來，開始將房內的衣服放進她的行李箱。

「我們回家！」

搖一搖手機笑了起來的曉瑛，把化妝品統統掃進化妝包裡，這是曉瑛睽違已久的笑容。

「我說我們回家！」

「那牠怎麼辦？」

雅蘭抱著貓咪，而曉瑛只是反覆說著要回家，雅蘭繼續追問貓咪該怎麼辨，曉瑛說反正牠是街貓，一定可以回到牠的家。曉瑛搖了搖手機，反覆說著「夠了！夠了！」我跟雅蘭說我也厭倦了，因為肌肉痠痛的關係，我的腰每天都會出現一陣陣刺痛，抱著貓咪的雅蘭也逐漸無話可說，我狂敲我的腰，我們帶著貓咪，搭上回家的公車。

一打開玄關門，姜依跑了過來，媽媽在看到我的瞬間，無力癱坐了下來，媽媽沒有問我任何問題，只是抓住我的手狂哭，並且重複同樣的話語。

「妳的身體不是妳的身體，妳的身體是媽媽的身體，帶著媽媽的身體妳哪裡都不准去！」

我點了點頭，媽媽拉著我的手往她的匾額走去，匾額四角插有幾根樹枝，是可以驅趕惡魔的水蜜桃樹樹枝，媽媽拔起樹枝朝我雙肩刺了幾下後，向淨水行禮，接著打電話給爸爸。爸爸帶著一束花提早回家，一臉凶惡地把花遞給我，同時說出：

「我愛妳，我的寶貝姜依。」

吃飯時間到了，媽媽做了烤牛肉，爸爸買回來的花束插在花瓶裡，放在餐桌一角，爸爸跟媽媽不斷夾肉到我碗裡。姜依則在餐桌下不斷舔著我的膝蓋，就算我用腳推開牠，牠還是不斷舔著我，讓我癢得笑了出來。

「喜歡嗎？」

爸爸用剛剛遞花給我的同一個表情問我，我猶豫著不知道該怎麼回答才是對的，最後我點了點頭。

「幸好！」

爸爸睜大雙眼展露微笑，牙齒好似在反覆咀嚼那些肉。

曉瑛把我叫去圖書室，我倆並肩坐在書桌旁，曉瑛熬夜把她從家教老師那邊拿到的重點整理做好記號，然後把看過的部分借給我，重點整理中有著曉瑛使用不同顏色螢光筆的痕跡，對於這些顏色所代表的意義，我感到好奇。

「何時該用紅色、何時該用黃色呢？」

就像第一次看到首爾地鐵路線圖一樣，令人眼花撩亂。有的同學在睡覺，有的同學在念書，圖書室裡的書桌上滿滿塗鴉。

「這都是總統的錯。」

「寂寞……你現在在哪裡？」

「徵女友，身高一八六，長相像玄彬。」

「都給我滾！」

「→你也滾！」

有些字特別大，有些字看得出來是一筆一劃緩慢刻劃的痕跡。圖書室也曾有人像我一樣看著這些塗鴉文字，也有人刻意再加上塗鴉，我在寂寞的塗鴉文字下方，寫下：

「我在這裡。」

書桌上的各種塗鴉文字，連接著這裡所有的孩子，我在書桌的一角寫上滿滿的歌詞，或許有人看到時，會唱出來也不一定。

我們考了期中考，而雅蘭直到期中考結束後才回到學校，雅蘭的頭髮像男同學一樣短。

「因為有頭髮，我才能活下來。」

說要殺了雅蘭的父親往廚房走去，從流理台裡翻找出一把廚房剪刀，然後走向雅蘭，雅蘭籠罩在可能真的會死掉的恐懼之下，完全不敢動。我想像著雅蘭父親的表情，瞬間想起爸爸遞花給我的表情，手持剪刀與手拿一束花的爸爸們的表情，應該是一樣的。當雅蘭的父親拿起剪刀，剪掉雅蘭的頭髮時，雅蘭反而覺得安心，只是雅蘭差點就笑了出來，因為當雅蘭的父親要剪掉雅蘭頭髮時，卻不小心剪到了耳朵，讓原本可怕的父親瞬間變好笑了。

雅蘭的耳垂下方有明顯的紫色瘀青，一隻眼睛的眼白血管爆裂，讓眼睛充滿紅色血塊，腳有點一拐一拐，門牙有點發青。我問她貓咪的去向。

「都是曉瑛的錯！」

雅蘭閉上嘴，卻忍不住嘴角抽動，眼淚掉了下來。

「被帶去動物醫院了，爸爸他、他明明沒有錢。」

雅蘭哭到肩膀抖動，讓她臉上的血絲更明顯了。

曉瑛的爸媽幫她付了模特兒補習班的學費，她的離家出走換來不用再繼續上可怕的英文家教課，所以她很開心。

曉瑛手拿著針線，說模特兒補習班的同學制服裙子都很短，所以她要剪短裙擺並加上蕾絲，我跟雅蘭跟隨著曉瑛剪短裙子。隔天早上，我的裙子又變回原形，是媽媽熬夜把我的裙子放長，一針一線地回復原狀。放學後我拿起針線再改一次，但隔天校服又變成平常的樣子。

「妳爸沒說什麼嗎？」

我問雅蘭。雅蘭擺動著自己的裙子。

「根本不知道有變短吧！我想他大概也不知道我上學到底是穿裙子，還是褲子。」

曉瑛笑了出來，說：

「我媽說很漂亮。」

我們三人的裙子被老師發現後沒收，我媽打電話給老師，說明緣由要了回去，我們看著被迫回復原來長度的裙子哭了起來。曉瑛的媽媽為曉瑛新買了兩套制服裙，一套是去學校穿的，另一套又短又漂亮，可以穿去補習班；雅蘭沒有裙子，改穿運動服到學校，看來雅蘭的父親真的不知道雅蘭穿什麼去學校的樣子。

「福氣多多的一年。」

我看著曉瑛換上她的裙子，而雅蘭自言自語，摸了摸她的短髮。

雅蘭牙齒上的青點越來越深邃，雅蘭每一回的笑，都會讓那顆青色的牙齒露出來。雅蘭到牙科，想要拔掉那顆發青的牙齒，牙科醫生勸雅蘭植牙，雅蘭的父親生氣地跟雅蘭說「妳這不肖子，我沒錢！」醫生只好植入一根像髮夾的東西，幫雅蘭做一顆輔助假牙，這顆牙跟雅蘭其他牙齒的顏色不同，我嘗試正經一點看待雅蘭那顆環繞鐵絲的牙齒，但看起來依舊好笑，雅蘭用舌頭輕輕撫過輔助假牙，說總有一天要做出一個輔助假爸爸。

曉瑛複習著在模特兒補習班學到的部分，擋在走廊上練習走路，擺好姿勢輪流看著我與雅蘭。

「很用力捏一個人的話，會發出什麼聲音？」

曉瑛在模特兒補習班也學了演戲，我就像被捏了手臂一樣，慘叫了起來；曉瑛轉頭想知道雅蘭的想法，雅蘭依舊只是摸摸她的短髮。

「錯了！人很痛的時候反而發不出聲音，就只會張開嘴巴，這才是真正的演技。」

曉瑛張開嘴，假裝手臂被捏。我想起雅蘭說過的話。

「被打的時候啊，一定要裝成很痛的樣子，大聲喊叫、哭泣、滾來滾去的，這樣才會少挨打，我嘗試了好幾次這昏倒式演技，一開始爸爸還嚇到，所以會停止打我。之後我每一次都重複同樣的演技，最後爸爸說『別演了』，然後繼續打我。那之後，我就不再假裝昏厥，有多痛就會叫多大聲，就像喘不過氣一樣地喘息，我覺得我當時的演技很棒，是個很棒的演員。」

雅蘭迎風說著，像是在笑曉瑛一樣，但曉瑛裝作沒看到雅蘭的態度。

我開始去看中醫，因為生魚片專賣店造成的肌肉痠痛，越來越嚴重，明明都已經離開一段時間了，但痠痛依舊，確實有點奇怪。明明我們一起離家出走，為什麼大家獲得的東西不盡相同，這也很奇怪。

「醫院真好。」

我像老人一樣不斷地敲著我的腰。

「什麼？」

「該怎麼說呢？很溫暖。」

「所以啊，妳是在說什麼？」

曉瑛問。

「躺著的時候，會有人摸著我的腰問，會痛嗎？就算說還好，也還是會溫柔地問我。」

「第一次聽到有人說醫院好。」

曉瑛再次練習起她的演技。

「醫院的溫柔很適當，枕頭的味道也隱隱傳遞出溫柔，對待所有事物都很溫柔。」

我一個人自言自語。

「我懂妳說的。那些徒有演技的孩子，他們又多懂人生。」

雅蘭為我說話。曉瑛停止練習，眼睛瞬間堆疊了淚水。

雅蘭總是對曉瑛的話嗤之以鼻，而雅蘭撿起的菸頭，再也沒有分給曉瑛，所有人都會分到一根，唯獨漏掉曉瑛，其他人拿到菸頭的當下，都會偷偷瞄一下曉瑛。雅蘭發現什麼的時候，也沒有喊曉瑛，我發現雅蘭排除曉瑛，只和其他朋友分享東西的情況。對於我「為何要這樣？」的提問，雅蘭爽快地回應「因為我喜歡」，但面對其他人提問「為何要這樣？」時，雅蘭則是顧左右而言他。

「都是曉瑛的錯。」

輔助假牙掉了出來，雅蘭撿起她的輔助假牙後再次說：

「都是曉瑛的錯。」

雅蘭的輔助假牙常常掉出來，就算只是咬一口熱狗，假牙也會插在熱狗上，笑大力一點也會掉出來在地板上滾，有時還會掉進水杯裡，每當如此，雅蘭都會一邊撿起假牙，一邊說都是曉瑛的錯。

其他人問我是不是發生了什麼事情，我想起了貓咪，不過我還是說我不知道，她們就不再問我，也不再問雅蘭。

「就說都是曉瑛的錯啊！」

她們看著雅蘭的紅色血塊以及假牙這樣說。明明她們什麼都不知道，卻不斷點頭稱是。雅蘭在同學中很有人氣，不論東西是偷來的、還是撿來的，雅蘭都會以發送禮物的方式跟大夥兒一起分享，不會自己偷溜、也不會忘記要招待誰，所以大夥兒都在竊竊私語著。

「如果雅蘭跟曉瑛吵架的話，妳們要選誰？」

我迴避回答這個問題。

「喜歡媽媽？還是喜歡玩？」

媽媽丟來的這個問題，我從來沒有回答過，要求對方選擇的提問多數很幼稚，而有智慧的答案多半很卑劣。大家選擇站在雅蘭這一邊，不是因為她們想孤立曉瑛，而是表達她們想要保護雅蘭，為了保護，大家必須團結在一起；為了某種正義，而允許某種不義的行為。

「因為雅蘭總是站在我們這一邊啊！」

稱讚雅蘭的聲音此起彼落。但在大家趕流行似地討厭一個人、孤立一個人時，雅蘭總是會毫不在乎地說：

「我喜歡她。」

曉瑛不一樣，一旦決定就會明確地付出行動。

「我不跟我不喜歡的人玩，就是不想見到、不喜歡。」

每回跟朋友不合時，曉瑛總是強調這句話。我們也理所當然地跟隨曉瑛的選擇，與其說是各自選擇曉瑛，還不如說是認為多數人都會選曉瑛，所以才選了多數人會選的那條路。

整間學校沒有人不認識曉瑛，曉瑛又漂亮、個子又高，連成績都在前幾名，老師們雖然不喜歡我們這樣，但有幾位老師很喜歡曉瑛，有幾位同學又羨慕、又嫉妒曉瑛，也有幾位同學害怕曉瑛。總之大家都會選擇站在曉瑛這一邊，一同進退，曉瑛是人人需要的存在。遇上吵架時，大家都沒有能溫和解決的方式，不論是同學們之間的吵架，或是跟大人、老師的問題，曉瑛的介入總是能找出最佳的解決之道，拳頭相向可以當作是正當防衛、兩週的懲罰可以縮減成一週。但其實，這個最佳的解決之道只是曉瑛想要的解決之道，我們其他人不過是害怕最壞的結果而已。

第10章——GPS

「我們來選GPS吧！」

雅蘭努力地不與曉瑛在一起，所以我們必須選擇，為了保護雅蘭、也因為跟雅蘭在一起比較輕鬆，大家都選擇與雅蘭在一起，我也是。而不論是我或其他人，都不覺得對不起曉瑛，因為大家都認定這是一件正義的事情，我偶爾也會有這樣的錯覺。雅蘭找大家一起剪刀、石頭、布，在我們悄悄地行動之下，大家都極力避免碰巧跟曉瑛四目相對的可能，猜拳輸的人就成為GPS，要去找曉瑛，每當曉瑛移動時，GPS都必須傳訊息回報給我們。

「田民商店街，移動中。」

這樣我們就朝田民商店街的反方向移動。雅蘭帶我們去她新發現的廢屋，田民洞開發前就住在田民洞的居民，如今一個個離開田民洞，那些房子就會靜靜地成為廢屋。有些廢屋馬上被夷平並蓋了新的建物，有些廢屋則是成為長久的廢屋，那些廢屋看起來跟有人住時沒什麼不同，看起來像廢屋的家，也曾經有人住過，而好像有人住的家，卻早已變成廢屋，是被棄置的家，所以不進去看看就不會知道哪些屋子已經變成廢屋。

雅蘭一一確認這些像廢屋的家，明確知道哪些屋子是廢屋，在確認的過程中，有種撿到屋子的快感。雅蘭將撿到的、或是偷來的物品堆疊在廢屋中，在一個房屋磚塊上，整齊擺放著撿來的菸頭，我們有了一張雖然會發出聲響，但是可以坐下休息的木頭椅子，一顆消風的足球，還有粉筆可以讓我們隨意在水泥牆上塗鴉。雅蘭放置在廢屋內的鮪魚罐頭，吸引了幾隻街貓聚集。我們在這裡聊著第一次做愛是什麼時候、和誰、在哪裡做的、那個誰連接吻都不會等等話題，這樣的分享讓大家笑到眼淚直流，沒有人的第一次是跟自己喜歡的男人做，我們闡述著每個人的不幸，無奈地發現我們之間的交集並享受這些時光，我好似回到無人汽車旅館時期的幸福。

GPS的功能逐漸下滑中，因為要看曉瑛的臉色，導致無法準確地傳簡訊給我們，大家又一起選出一位天線，天線要站在牆邊看顧，但天線最終變成告訴曉瑛「我們在這裡」的那個人。走在離廢屋一個街區遠的GPS與曉瑛，很快就看到探出牆頭的天線的臉，天線馬上轉頭悄悄地走進廢屋的後門，之後曉瑛就帶著GPS執意翻找各個廢屋。

其實離開廢屋是最佳的選擇，但我們都不想要放棄廢屋，畢竟這裡是目前為止最棒的祕密基地。隨著我們與曉瑛四目相接的次數變多，每一回相視時，曉瑛總是說「真巧、真有趣」，有人長篇大論地辯解、有人則是裝作沒聽到，而我是點點頭。

「不過我還是喜歡妳。」

為了抹去背叛曉瑛的感覺，我決定要更喜歡曉瑛，好似只要說喜歡，就可以免責一樣。

可以站崗的人越來越少。

「不論如何，移動時就一定要傳訊息！」

大夥兒決定要提高GPS的功能，認為只要提高GPS的功能，就不會被曉瑛發現，但努力要傳訊息的GPS被曉瑛抓到了。曉瑛將隨身攜帶的長柄雨傘摺好，不斷朝GPS揮舞，傘面都被打飛了，還持續用傘柄狂打GPS的臉，GPS的鼻梁還在，但鼻尖的肉被削掉，臉上流下數十道血跡，GPS因此住院沒來學校。

沒有人喜歡打架，只不過是為了保護自己而有必須打架的時候而已。曉瑛也是，為了保護自己而出現激烈的攻擊，而這激烈的自保行為瞬間成為卑劣的行為。

大家不再跟隨雅蘭去廢屋，也不再迴避曉瑛了，只有雅蘭持續迴避曉瑛，跟雅蘭聊天聊到一半，只要曉瑛即將出現，雅蘭就會悄悄消失，雅蘭的輔助假牙不再掉出來了，因此「都是曉瑛的錯」這句話，也跟著消失。雅蘭依然會遞上菸頭給大家。

跟曉瑛在一起的人，個個都覺得自己有可能變成那天的GPS，曉瑛在天晴的時候也會帶著長柄雨傘，曉瑛跟我們的對話逐漸變得不自然，當對話越來越不自然，曉瑛就會聳起肩膀，用長柄雨傘不斷跺地，好似要把每個人都看穿一樣。

在沒有曉瑛也沒有雅蘭的場合裡，大家聊著廢屋裡的事情，說那邊真的很溫暖、很涼爽，非常適合我們，聊著那牆角的磚頭上依然疊放著菸頭嗎？會不會被其他年級的人占領？他們會不會坐在我們的椅子上，笑看我們的塗鴉？聊著曉瑛該不會又想戳誰，我們要不要每天帶雨傘出門呢？如果我們也帶著雨傘的話，會如何呢？諸如此類的話題。

消失的GPS有個好朋友，明明是研究員的孩子，卻住在像廢屋的家，據說她父親在成為研究員之前，一直欠債，所以獲得研究工作之後，只能搬進田民洞的廢屋，聽說欠下的債務到死都無法還清，到死都無法脫離那間廢屋。

「我討厭田民洞。」

她的塊頭像熊一樣，卻不時地咬著她小小的指甲，她討厭像廢屋的家，卻喜歡跟我們待在廢屋裡。每次大家在廢屋時，都會開玩笑叫她熊熊，但不管怎麼戲弄她，她都如同蟬蛹般靜靜的，也沒有生氣。但是她一旦生氣，就會好幾個小時手握拳頭，不發一言地用像錘子的拳頭不停揮打對方。在GPS消失後，熊熊依然安靜地咬著她的指甲，每次話尾都會加上一句「我們也一起帶雨傘出門好嗎？」我們都點頭，但是隔天沒有人帶雨傘來，熊熊也是，但她還是天天問。

「我們要帶雨傘嗎？」

沒有下雨的那一天，熊熊帶著長柄雨傘出現在我們集合的地下停車場，黑色的雨傘就像遮陽傘那樣大枝，跟熊熊的身形相當，看到拖著雨傘出現的熊熊，我們都沉默了，熊熊沒有打招呼，依然用心地咬著她的指甲。熊熊坐在曉瑛對面，曉瑛看著熊熊的雨傘，熊熊也看著曉瑛的雨傘，曉瑛用雨傘不斷地敲擊地板，熊熊也用雨傘敲擊著地板，就像摩斯密碼般不斷交錯地敲擊。

「看什麼看？」

停車場有回音，曉瑛的脖子冒出青筋，鎖骨也看得一清二楚，熊熊好似咬著指甲內側的肉，曉瑛再次張開嘴巴，在曉瑛要說出話之前，熊熊起身攻擊曉瑛的脖子，曉瑛就這樣連人帶椅子跌落在地上。我們圍住了曉瑛跟熊熊，曉瑛護住脖子不斷咳嗽，沒有人勸架。

熊熊踩了曉瑛鎖骨，曉瑛的胸口出現鞋印，曉瑛抓住熊熊的腳用力一推，同時上半身往側邊滾，用手想要支撐身體站起來，而熊熊為了不讓曉瑛起身，用力踩著曉瑛的手背並揮打曉瑛，直到曉瑛完全無法直視熊熊為止。接著熊熊撿起曉瑛的長柄雨傘，往停車場牆壁一敲，再把破損的雨傘丟出去，雨傘殘骸四散在車下，我們看著昏倒的曉瑛，跟著熊熊往外走。回頭一看，曉瑛奮力地伸手想要拿到散落在車下的雨傘，但她根本碰不到。

有人按了我家門鈴，我透過門上的貓眼往外看，透過貓眼的鏡片看到變圓的曉瑛，我緊握著門把。

「有人來了嗎？」

媽媽在房間擦地，一邊問。

「安靜一下。」

我用嘴型拜託媽媽安靜，曉瑛再次按下門鈴，門鈴聲響遍整個家。

「真的有人來了！」

媽媽一手拿著抹布站了起來，往玄關靠近，我擋住並推開媽媽，門鈴再度響起。

「妳朋友嗎？這是第一次有人來找我們姜依耶，上來一趟不容易。」

媽媽的聲音很大，我家大門完全沒有隔音裝置，我把媽媽拉往客廳，再度回到玄關，透過貓眼往外看，曉瑛的眼睛靠在貓眼上，正在看著我家。曉瑛好似看著我的眼睛，她應該有聽到媽媽的聲音，門鈴又響了好幾次，我沒有開門。曉瑛走下樓梯，我看到曉瑛的肩膀不停抖動。

我躺在房裡看著天花板，檢視著我內心那個屬於曉瑛的房間，在那個有著水晶雪球的家裡，枕著手臂的曉瑛、正正當當走向警察的曉瑛、手指甲永遠整理得乾乾淨淨的曉瑛、爽快穿過霧走過來的曉瑛、拖著紅色行李箱掙脫戰場的曉瑛，我想像中的曉瑛，都在那個專屬曉瑛的房間裡。那個房間我稱呼為「曉瑛」，我沒有想要把曉瑛的模樣都收進那個房間，可以進到那個房間的曉瑛，不是真正的曉瑛，而是我想像中的曉瑛。那個按著我家門鈴的曉瑛、走下樓梯的曉瑛，不干我的事情。

「瘋子。」

曉瑛成為沒有資格進入「曉瑛的房間」的人，我想起曉瑛走向樓梯的背影，想起曉瑛的悲戚與卑微，雖然我不是很享受這種嘲笑他人的事情，但比起要面對自己的卑鄙，這樣好像比較輕鬆。

曉瑛沒有帶傘來學校，一整個上午都坐在自己的位置上。午餐時間，曉瑛低著頭走進我們班，走向熊熊的座位，熊熊正嚼著今天營養午餐的糖醋肉。曉瑛站在正吃著糖醋肉的熊熊旁邊，彷彿有點暈眩似的，一隻手放在一旁的空座位上。熊熊用筷子夾起糖醋肉，抬起頭來與曉瑛四目相接時，曉瑛舉起椅子，往熊熊的背打下去，湯水灑滿地、餐盤飛了起來，熊熊跟她的座位被推倒，曉瑛踩著熊熊的手背，鐵椅被打到四散。熊熊的肩胛骨被打碎，轉學了。

我們再度跟曉瑛在一起，曉瑛越來越尖銳，對於任何可能的細微背叛都異常敏感，過度強調義氣，所有微小的爭吵都要參與，將人打入「我們的敵人」之列，踐踏所有被她視為爭吵對象的人，爭吵結束之後會以親切的微笑面對所有人，但沒有人喜歡那個微笑，也沒有人感謝曉瑛為自己解決爭端。

在沒有爭端的時候，曉瑛總是會露出親切的微笑，一起吃熱狗時，若嘴角沾上番茄醬，曉瑛會笑著從包包裡拿出衛生紙，幫忙擦去嘴角的番茄醬，但嘴角沾上番茄醬的那個人總是不知道要把視線放哪裡才好。然而這些事情卻不停發生，於是我們開始對彼此露出親切的微笑，但越是露出親切的微笑，我們就越是厭煩彼此。曉瑛的演技逐漸提升，但真正演技好的是其他人，那些極力扮演著服從曉瑛的其他人。

看著田民大樓樓梯間的感應燈亮起，我越來越好奇「曉瑛的房間」，我打開門進到房間裡，就像打開舊箱子內的信件，一封封看著似的，仔細端視這個房間。看到躺在床上、枕著手臂的曉瑛，看到床頭櫃上的水晶雪球，我坐在床上看著水晶雪球，水晶雪球看起來像是便宜貨，我嘲笑水晶雪球，轉頭一看，本來枕著手臂的曉瑛，瞬間舉起椅子一聲不響地站在我面前。

雅蘭跟我坐在看台上，現在是體育課，我們以生理痛當藉口，但其實我們已經裝了一個月的生理痛，而體育老師不管我跟雅蘭，像是期望我跟雅蘭的生理期整整來一個月似的。雅蘭蜷坐著，用小石頭在水泥地板上作畫。

「怎麼辦？」

我先開口。

「什麼？」

雅蘭停下手邊的動作。

「我們要這樣到何時？」

我看著雅蘭的石頭畫作。

「我怎樣？」

「像以前一樣，過了就好了。」

「什麼以前？」

「只要妳和解，就可以回到從前。」

「什麼和解，我什麼時候跟誰吵架了？」

雅蘭看了我一眼，又繼續畫畫，從小石頭上掉落白色粉末，雖然看起來像人的臉，卻滿臉傷痕，線條看起來就像是一位毀容的人。

「這臉是怎麼回事？」

我用手指指著畫。

「這是鬍鬚，這是貓咪。」

用力加上幾筆畫，雅蘭完成了鬍鬚。

「知道了，我知道該怎麼做。」

雅蘭把小石頭丟向運動場，手則是順勢擦了擦運動服，白色粉末沾在運動服上，我向下凝視著好似糊掉臉龐的貓咪畫作。

第11章——溜溜

「有誰要去電子遊樂場？」

曉瑛問。

「好，我要！」

雅蘭第一個回答，我們一起走向電子遊樂場，雅蘭拉起曉瑛的手臂說：

「一起走吧！」

一開始大家猶豫著袖手旁觀，畢竟這就像拉起爸爸的手臂一樣彆扭。

「我喜歡彆扭，我們是不是像剛開始交往的戀人？」

雅蘭默默唱起〈剛交往的戀人〉，並且笑了起來，所有人都跟著一起笑了，我們拉起手臂排成一列，就算有行人、有車經過也不放手。

「掏出溜溜吧！」

一進到電子遊樂場後，有人提議。大夥兒從包包找出用線綁住的一個銅板，銅板的兩面有兩道、四道刀劃過的痕跡，有小洞可以穿線，將這個銅板放進投幣孔，只要拉線就可以再次把銅板拉出來，我們稱它為「溜溜」。每個人從包包，或是從口袋裡掏出自己的溜溜。

「溜溜！快點！溜溜！」

每當電子遊樂場裡的角色面臨死亡時，我們總是這樣喊著，只要溜溜進去又出來，我們的角色就可以再活一次。

有其他人掏出「回力鏢」，是用厚一點的文件夾做的，要價三千韓元的文件夾的封面，剛好是一百元銅板的厚度，做成剛好與一百元銅板相符的回力鏢，只要抓著回力鏢的一側，放下去再拉出來的話，就能讓遊戲機轉動。不過這只有發明這個東西的人，還有她的朋友兩個人用，其他人都是用溜溜，即使做一個溜溜必須用刀子刻銅板，還會割到手指頭，花上很長的時間。

「為了一百元的銅板去花三千元買文件夾，是白痴。」

我們一致這樣認為。

「為了三千元而寧願割到手指頭，不是更白痴？」

擁有回力鏢的人這樣說。

「割到手指頭就是白痴。」

我們大笑，選擇溜溜的人，聽到回力鏢派的說詞，紛紛搖頭。我們討厭慎重的算計，相較於挑剔又慎重，我們比較喜歡危險又簡單的事情。

不論是溜溜、還是回力鏢，不論是危險的事情、還是慎重的事情，我們只是想擁有不會消失的銅板，因為有人沒有銅板，有人想要保有唯一的一個銅板，有人則是想要持有許多銅板，才會這樣做。

「來聊聊吧。」

曉瑛搭著我的肩膀說。我跟著曉瑛走進KTV區，房間小到面對面坐著會碰到彼此的膝蓋，還有完全沒有隔音效果、像墊板材質的窗戶，可以看清楚裡裡外外。雅蘭跟其他人站在一台遊戲機前，某個人規律地將溜溜放進遊戲機台的投幣孔，有人按下按鈕，大家就一起叫了起來。

「試試看找出隱藏圖案，我用一百塊可以玩到三十四關！」

我摸著鼻梁朝曉瑛笑了笑，曉瑛面無表情，不發一言的曉瑛將兩個銅板投入投幣孔，不是溜溜，是真的銅板。曉瑛翻找點歌本，按下歌曲編號，節奏響起，是歌曲時間最長的一首歌，是仁順伊的〈是夜，每個夜晚〉，我也投入銅板、按下歌曲編號預約歌曲，曉瑛沒有拿起麥克風，讓我猶豫著要不要拿起麥克風。

「昨天做了什麼？」

曉瑛挨近我問。耳邊充滿曉瑛嘴裡吐出的氣息，因為伴奏音樂的關係，聽不太清楚。

「妳說什麼？」

「昨天妳跟雅蘭說了什麼？」

曉瑛的臉好似閃過一抹微笑，我想起體育課時我跟雅蘭的對話。

「就妳跟雅蘭的事。」

我抓了抓頭髮，好似被稱讚地害羞了起來。前奏結束，歌曲第一段開始，白色字幕一個字一個字變成黃色，曉瑛的微笑更加明顯，我拿起麥克風。

「還笑，妳，現在是認為我很好笑是吧？」

曉瑛嘴角上揚地說。拿著麥克風的我放下麥克風，眼前閃過那些嘲笑曉瑛的記憶，深怕我所看到的一切，曉瑛也都看到似的，我極力想揮去眼前的一切。曉瑛露出她整齊的牙齒，但眼睛並沒有笑。

「為什麼要挑撥離間？」

曉瑛又更靠近一步。我眉頭緊皺，看著曉瑛的表情，好似戴上面具一般，曉瑛明確地維持著單一表情。

雅蘭跟曉瑛說了什麼呢？

雅蘭不可能說無中生有的話，於是我想起曉瑛找上我家的那天，想起媽媽跟我的對話，想著可以跟曉瑛說些什麼，但曉瑛的眼神沒有要求我說實話的感覺。對曉瑛而言，我已經是敵人，是屬於可以踐踏、可以丟棄的敵人，我吞了一口口水，手心開始冒汗，不斷地搓揉著我的制服裙，音樂持續播放，但我心臟跳動的速度比伴奏還快。

「對不起。」

我說。曉瑛邊笑，邊玩弄起頭髮。

「憑什麼啊？」

曉瑛持續逼供。

「妳這個住在邑內洞的傢伙。」

將背上背著的包包放下，曉瑛站了起來，我也跟著曉瑛起身，她的拳頭朝我的臉揮來，我抓住曉瑛的肩膀，小小的包廂不停晃動，本來在遊戲機台那的朋友們紛紛往窗邊靠近。我依舊沒有放開曉瑛的肩膀，曉瑛極力想掙脫我，我跟曉瑛都步履蹣跚，因為包廂很窄小，完全沒有跌倒的空間，周圍的燈光快速閃過，每當臉被燈光照到之際，疼痛就隨之而來，在疼痛之間好似能看到一點點場景，雖然看不太清楚，但皮膚會有感覺。我跌坐在椅子上，為了伸手打曉瑛的臉，又從椅子上起身，我跟曉瑛都不斷地跌坐在椅子上又起身，反覆地毆打對方，曉瑛打我時，我抓住她的肩膀，我打曉瑛時，她抓住我的肩膀。歌曲停止，我預約的歌開始了。

我一手抓起已經反了的裙子，朝曉瑛踹了一腳，電子遊樂場的老闆聽到騷動聲趕了過來，曉瑛背起包包轉身就走，而我往反方向離去，其他朋友也都各自散去。

電話一直響。

「現在要怎麼辦？」

朋友們的擔心訊息不斷傳來，曉瑛看起來是要做個了斷，一定還有一場架，曉瑛會贏，大家都要露出微笑選邊站，我一定會受傷，然後轉學。我想起我跟曉瑛、雅蘭一起住過的房間，想起在一個漱口杯裡放著的三把牙刷。

「不知道，她就只是說了句對不起而已。」

雅蘭看著我房間懸掛的月曆說。說那天跟我聊完之後她去找曉瑛，正想著該如何開口之際，曉瑛突然向雅蘭道歉。跟曉瑛和好後，雅蘭去了曉瑛家，吃了曉瑛媽媽做的光滑蒸蛋，沒有把手、小小一杯的熱騰騰蒸蛋，雅蘭第一次吃到這種蒸蛋，雅蘭說自己家都是用石鍋做出有縫隙的蒸蛋，一邊講蒸蛋的雅蘭一邊說：

「是說，妳真了不起！」

「什麼？打架？」

「不，是來學校。」

雅蘭指著月曆上的山與山頂說。

「每天放學都要走上來不是嗎？天啊！居然要跨過一座山上學，我到現在都覺得腳超級累，妳真厲害！李姜依，我真是太佩服妳了！」

坐在地上的雅蘭不停地按摩著她的雙腿。

「總之我來了，別擔心，我會每天上來這裡，來這裡幫妳。」

雅蘭伸出小指，我勾上雅蘭的小指。

關上燈，卻依舊關不掉那微微滲透而出的閃爍燈光，燈管內出現不同的打架模樣，曉瑛踩踏著我、我踩踏著曉瑛、曉瑛跟我緊緊擁抱在一起，然後燈亮起，我穿上衣服。

抬頭看了看田民大樓，舉起食指數著曉瑛家的戶數。曉瑛家的燈亮著，我按了電鈴。

「是誰？」

是曉瑛的媽媽，我沒有回答。傳來電梯開門的聲音，我往地下停車場走去，躲在車子的後面。

「我贏不了嗎？」

越想贏，越覺得希望渺茫。

第12章——不能輸也不能贏

第一節下課後曉瑛走進教室，大家都停下手邊的動作看著我們，隔壁班的同學也紛紛湧進來窺視我們，曉瑛擺弄著我的襯衫衣領。

「放學後我們談一談。」

大家紛紛來找我。

「姜依啊！妳不能輸，輸了就完了，知道嗎？」

「姜依啊！不能贏，記得那碎裂的椅子吧？」

朋友們紛紛告訴我不能贏、也不能輸，當然我根本就不想輸，但光想到贏的情況就覺得恐懼。過去這段時間裡，輸給曉瑛的人都會被踐踏、贏曉瑛的人會被更悲慘地踐踏。我想著要在放學前從學校溜走，但只要還來學校上學，一定會再次遇到曉瑛。只是這所謂不贏又不輸的打架究竟是什麼，我必須找出這個謎題的解答。

我打電話給媽媽，想著如果媽媽打給曉瑛，說不定曉瑛就會改變心意，媽媽接了電話。

「媽，我有事跟妳說。」

「姜依！發生什麼事？」

媽媽接起電話，以驚訝的口吻問。

「因為同學的關係，有點困擾。」

我稍微選了一下用語。

「可以，幫我加油嗎？」

話剛說完，媽媽馬上問：

「妳在哪裡？學校嗎？」

「嗯，我在學校啊。」

媽媽安心地嘆了一口氣。

「原來在學校啊，是跟同學吵架了嗎？」

「嗯，媽，那個……」

「媽媽不管何時都會為我們姜依加油，其實人生本來就可能會有許多困擾，會跟朋友吵架、會想要逃避等等，可是姜依啊，妳身後有爸爸跟媽媽，不需要覺得困擾，要正正當當的，不要逃避，在學校就是要抬頭挺胸地穿越逆境，不要離開學校，知道嗎？」

媽媽開始演講，大概是怕我又逃學了吧。

「在學校要乖乖的，放學後會回家吧？」

我說我知道後就掛上了電話。

我想要鬆開掛在書桌下方的拖把的螺絲，想像握著拖把柄、安靜地從教室後門走出去的我，走廊上沒半個人，我把拖把柄藏在身後，打開曉瑛她們班的後門，不！曉瑛的座位離後門很遠，應該是打開曉瑛她們班的前門，不！前門一開就是老師上課的講台，只好再次打開後門，像是有事要找老師一般地往老師走過去，錯了，應該是往曉瑛走過去，掏出拖把柄往曉瑛砸去，直到拖把柄支離破碎為止。

「憑什麼啊？」

我想成為曉瑛，只有曉瑛可以贏過曉瑛。只要直接用曉瑛打架的方法，就可以搶先成為曉瑛，只要打碎肩胛骨就可以讓曉瑛安靜地轉學，就不會有人說我是瘋子。瞬間，我把拖把柄跟拖把分開了，拆下拖把柄，可是接下來要做什麼，想不起來。

「妳這個住在邑內洞的傢伙。」

我該怎麼跟曉瑛說呢？是該說「妳這個住在田民洞的傢伙」還是「妳這個住在忠清道的傢伙」，但不管怎麼想，都想不出適合的話語。只好將拖把柄裝回去，鎖緊螺絲，下課後將拖把放回原位。

在田民國中跟錦江之間，有一處從未開發過、被棄置的樹林，被棄置的草叢與樹木密密麻麻，裡面沒有任何東西。大夥兒在老松樹前集合，一同走進樹林，認得那棵樹的人只有我們，雖然它跟其他樹木長得一樣，但我們就是知道那棵樹不一樣，而現在這是屬於我們的路。我們跨過草叢，好似踩到什麼滑滑的，一看發現是粉紅色大波斯菊，大夥兒踩著倒下的大波斯菊，走成一列。

我們到達陰影深處，這裡居然有一塊空地，理所當然的，這片樹林裡有一塊小小空地的事，也只有我們知道。這裡是個不會被干涉的地方，在我們進出酒館之後、在我們找出廢屋之後、在那些我們再也不能去的場所之後。

空地上飄揚著苦菜的種子。我的手全溼了，曉瑛跟我手上都拿著運動服，我們走到空地正中央，放下書包，脫下制服外套放在書包上，解開背心上的鈕扣，我眼神固定在曉瑛的鈕扣上，她的制服裙下穿有運動服褲子，接著脫下制服裙。我也換好衣服，把運動服的袖子往上摺起來，那瞬間我知道自己在發抖。

其他朋友將我跟曉瑛團團圍住，圍出一個拳擊擂台，全部的人都認可這一場決鬥。曉瑛與我站著四目相對，一陣風吹來，雜草像刀一樣掠過腳踝，我看見曉瑛的腳踝。

「動手啊！」

聲音感覺在顫抖，曉瑛看起來很興奮、很期待。我緊咬嘴脣，曉瑛打了我一巴掌，我跌在地上，用手撐起身體，手上都是泥土，緊握起拳頭，指甲裡滿是泥土，剛剛被打的臉頰像抽筋似的，一陣火辣辣的感覺。現在該輪到我站起來，給曉瑛一巴掌的時刻，決鬥是在互賞一巴掌之後正式展開，就像大賽開始前，雙方選手會先握手一樣，這是我們決鬥的規則。

曉瑛端正地站著，等待我起身，看起來是有自信不違反規則就能贏我的意思，我摸了摸臉頰，一腳彎曲站了起來，二話不說地馬上跑向曉瑛，我無視規則，畢竟我要違反規則才有勝算，曉瑛左右搖晃地踩空往後倒。

「就是現在，快踹！」

我聽到一句強大的聲音傳來，那是命令，是我生平第一次聽到的聲音，這個命令緊緊控制著我，我踢了曉瑛的臉，接著開始踩踏她的臉，那個命令聲不斷重複下達。

「踩！繼續踩啊！」

那道命令越清楚，我的恐懼就隨之消失，我醉心於執行命令，「我」這個人消失，就只剩下命令。

「媽的這個賤人。」

曉瑛叫了出來，我叫得更大聲。

「怎樣，妳這個賤人！」

髒話在草叢之間繚繞，曉瑛的嘴角沾上血跡，但沒有繼續飆髒話。好像贏了，所以我停下動作，朋友們遞上運動飲料給我，她們也遞給趴著的曉瑛一罐飲料，我打開運動飲料喝了起來。此時，飲料灑在運動服上，曉瑛突然站了起來，抓住我的長髮不停拉扯，飲料罐砸向我的臉，碰到我的臉頰跟牙齒發出聲音，牙齦滲出血絲，思緒跟情緒都很高漲，感覺也異常清晰，已經無法考慮行為是否卑劣。曉瑛將我的頭按壓在地上，我倒下後，她就開始踹我的臉，我兩手護住臉頰，曉瑛丟下罐子開始踹我的耳朵，耳朵覺得火熱，那火熱的感覺跑出耳朵，我伸手抓住曉瑛的腳踝，咬了她的小腿一下。

「就是現在！」

我抓起一把泥土，揉進曉瑛的眼裡，接著用膝蓋壓住她的胸部、抓住她的長髮、朝她臉上吐口水，邊用拳頭狂揍她的眼睛、邊吐她口水，是粉紅色的口水。我持續把泥土往曉瑛眼睛揉，曉瑛的臉上充滿泥土、口水與血。

「停！」

曉瑛說著。聽不見，我聽得到聲音，卻沒有真的將意思聽進去，我持續揍著曉瑛。

「停，暫停！」

曉瑛喊了出來。

「不可以贏也不可以輸。」

腦中浮現其他人說過的這句話。看著抓過泥土的手，享受把泥土抹在曉瑛臉上的快感，然後我按壓著曉瑛轉頭看向其他人，因為眼睛浮腫的緣故，根本看不清楚她們的五官。我等著下一個命令，但沒聽到任何命令，這一瞬間，命令跟感受都消失了。

不可以贏也不可以輸。

明天的我會如何呢？想起曾是GPS的那個人以及被椅子打的熊熊，我放開曉瑛的長髮，曉瑛拍了拍滿是泥土的運動服，慢慢地站了起來。

「給我水。」

曉瑛用運動飲料沖去臉上的泥土跟血，然後點上一根菸，曉瑛沒有說話、大家也沉默不語。

「姜依啊！」

曉瑛遞來一根菸，我接下那根菸，我們一起抽著菸。

「這樣好了！」

曉瑛看著我的眼睛說：

「妳下跪，我就當成沒事。」

我深深地吸了口菸。曉瑛繼續說：

「看妳是要跟我打一輩子，還是用下跪解決。」

其他人打開餅乾包裝，開始吃起餅乾。我想著若我下跪之後，會出現什麼變化，並不會有什麼變化。就只是沒跪而已，但反正我也是一直跟隨著曉瑛。對於那命令會不會再次出現、會不會再次經歷這種決鬥，我沒有信心。就算那道命令再次出現，就算我此刻贏了曉瑛，跟曉瑛之間的決鬥肯定會持續到曉瑛打贏為止，所以曉瑛的這個提案不錯，我稍微猶豫了一會，就跪下了。

大夥兒停下她們的動作，曉瑛開始在下跪的我的周圍走來走去，在彎腰下跪的我的周圍摸著那些散落的石塊。

「媽的！」

曉瑛拿起那些石塊打我，臉上好像有什麼東西滑落，曉瑛抓著我的頭髮，不斷地朝我吐口水，就像我剛剛對曉瑛那樣，接著撕裂我的運動服，我的胸罩露了出來，然後她繼續撕著我的胸罩。

「給我停下來！」

雅蘭邊喊邊跑過來，用她的身體護住我的身體，並將瑟縮的我緊緊抱住。曉瑛開始踹人，而雅蘭代替我承受曉瑛的攻擊，曉瑛抓著雅蘭的長髮將她甩出去，我那已經被撕毀的運動服被撕得更加慘烈，連褲子跟內褲也無法倖免，雅蘭再次跑過來護住我，結果衣服又被更慘烈地撕碎。

「停下來！」

有人過來抱住抱著我的雅蘭，其他人也一一跑過來抱住我們，大夥兒就像堆漢堡肉一樣地堆疊起來，曉瑛就連帶著不停地踹著我們，我們就像被翻面煎烤的漢堡肉一樣，一個個開始哭了起來，其中踹我們的曉瑛哭得最大聲。

曉瑛回過神來，從最外層把大家一個個拉了起來。我走向剛剛脫下的制服，被撕毀的內褲上，有隻粉紅色兔兔露出門牙笑著，就像光著身體一樣，那兔子的門牙令我感到相當羞愧。我沒穿內衣，直接套上制服，制服襯衫沾染了血跡。曉瑛擦了擦眼淚，再次走向大夥兒，大家主動讓了個位子給曉瑛，曉瑛挺直腰桿坐了下來。

「我不跟李姜依玩了。」

大家一同看向另一側盡頭的我，我的嘴角跟頭不斷冒著鮮血，右手食指指甲脫落，彷彿一陣風吹過，感到一股寒氣，牙齒不停顫抖，嘴角苦澀。

「現在給妳們選。」

曉瑛指著坐在旁邊的其中一人。

「我，還是姜依？」

那個人邊啜泣，邊用下巴指著曉瑛。

曉瑛又指著另一個人，那人也是選曉瑛，大夥兒一個個都選擇曉瑛，最後輪到雅蘭。

「妳呢？」

雅蘭沒有回答。曉瑛拿起書包，掏出梳子梳了梳頭髮，拿出衛生紙擦了擦臉，在被抓破的傷口上塗上ＢＢ霜，接著站了起來，大家都陸續跟在曉瑛身後走了。雅蘭輪流看著不停遠去的曉瑛、以及滿頭傷痕的我，最後她也跟著曉瑛走。曉瑛短暫回頭看了我一眼。

我走進公共廁所洗臉，整理一下衣服，看著鏡子擦掉嘴角已經乾掉的血跡，同時極力避免跟鏡子裡的自己四目相對。進家門時低著頭走往廁所。

「姜依啊，回來了？」

媽媽敲門問著。我換了一套乾淨的衣服再度出門，媽媽在我身後不斷問我要去哪邊，我用充滿活力的聲音回答，跟朋友去念書。我漫無目的地走著，往人多、遠離學校的地方走去，頭痛欲裂，就好像有人一直抓著我的頭髮。把手伸進頭髮裡按壓頭皮的話，就會有一坨頭髮隨之掉落，吐口水時還是混和著血絲，但身體好像已經不再流血了。深怕有人認出整張臉逐漸浮腫的我，所以低頭走著，瞄了一眼櫥窗裡我的身影，即使全身都在痛，看起來卻跟一般走在路上的國中生沒兩樣。

深夜時分，我隨意走進一棟大樓，坐在五樓跟六樓之間的樓梯上，聽到有人上來的聲音，就繼續往上爬，聽到有人下樓的聲音，就往下走。感應燈開開關關的，我睡坐在樓梯上，整晚感應燈不停地開開關關。

趁著這棟大樓的居民出門上班、上課前走出這棟大樓，走進超商買了香瓜麵包跟牛奶，香瓜麵包比奶油飯好吃，全部吃光後，再次走上那棟大樓的樓梯。隔天早上再次走進那間超商，站在貨架間找尋有沒有四百塊的食物或是麵包，因為沒有標示價格，便拿著一個麵包往櫃檯走去。

「這個多少？」

「五百塊。」

把那個麵包放回去，又拿了另一個麵包去詢問，幾次之後發現，沒有四百塊的麵包。

「四百塊可以買什麼？」

老闆遞上巧克力，我一口吞下巧克力，肚子痛。

回到家，我忽略正在哭泣的媽媽以及一副可怕表情的爸爸，走向廚房，打開飯鍋用飯匙挖飯來吃。

「妳這樣很開心嗎？是嗎？」

爸爸搶走我手上的飯匙，媽媽跑過來搶走爸爸手上的飯匙，放回我手裡，我拿著飯匙在爸媽面前跪了下來。

「請幫幫我。」

第13章——臭婊子

同學們不約而同地掛在教室的窗戶上，看著我們家一行人橫越操場。走廊上許多同學跟在我爸媽的身後，越來越多人靠了過來，我跟爸媽走進辦公室，咬著牙跟班導說了前前後後的所有事情。同學們擠在辦公室外的走廊，班導打開辦公室門大喊：

「全部都回去教室！」

同學們只好往班上走，但一聽到辦公室門關上的聲音，又回頭湧向辦公室，黏在辦公室窗戶上想聽點什麼。學務主任把我們這群朋友所有人都找來，她們跟我父母隔著一張桌子四目相對。朋友們看著我媽那蓮花紋的紅色手提包，曉瑛訕笑了起來。

「姜依的爸爸媽媽這邊請。」

班導的聲音響起，媽媽跟爸爸放掉緊抓著我的手，跟著班導走進諮商室，朋友們一次一個走進去關上門，然後又從那個門走出來，但爸媽沒有出來。接著我們全部人一起走進諮商室，爸媽不在裡面了。學務主任問：

「妳們這是第幾次了啊！」

就像曉瑛用雨傘跺地一樣，學務主任用手不斷地敲著桌子。

「沒有其他方法了，沒有了。」

大家緊握著雙手，低著頭。

「妳們全都自己自動退學好了。」

朋友們看向我。

「很好啊妳們，統統給我自動退學。」

學務主任十指交握，手指關節看起來很黑。

我們就這樣站著。

「出去！」

學務主任手指著門，其中一個人哭了起來，接著哭聲不斷，大家的哭聲之中都含有拜託的意味。

「看起來是很想繼續來學校？」

除了我跟雅蘭以外的人都點點頭。

「那來選吧！妳們是要自己退學，還是繼續上學？」

「要繼續上學。」

她們帶著哭聲回答。

「妳呢？」

學務主任問我。

「是要承認打架？還是要當作沒這件事情？妳自己選。妳以為我們不知道妳是寄戶口的嗎？光這一點就足以讓妳自動退學了，知道嗎？再加上妳缺席的天數多，根本也沒有其他學校能接受妳，這妳應該也很明白才對。不過既然妳是受害者，學校願意給妳一次特別的選擇權，妳要繼續上學，還是不要？不要的話就跟她們一起退學，聽懂嗎？」

說是說可以選擇，但基本上都是不好的選擇。學務主任走上前說：

「姜依啊！還是要上高中的不是嗎？」

主任用手拍拍我的肩膀。

「妳要回答，『我要繼續上學』，這樣才對。」

我點點頭，主任拍了我肩膀幾下後就走出去，剩下大夥兒在裡面。

「臭婊子！」

一個人這樣對我說，其他人擦了擦眼淚怒瞪著我，我走出辦公室，在學校找尋爸媽的身影。就這樣，我成了全校矚目的對象。回到家後，媽媽做好烤牛肉等著我。

經過沒有人的田民洞公園、沒有國旗的升旗台，走進田民商店街，經過幾乎全滿的健身房，經過那些盯著跑步機螢幕跑步的人，經過掛著許多制服的制服店家，緊接著就是田民超市，走進超市一看，沒有半個認識的人。走出超市，搭上手扶梯往二樓，站在欄杆旁往下看著超市的入口處，接著再次往下走進超市，緩緩地掃視貨架，然後在肉品區看到曉瑛的媽媽。

「您好。」

曉瑛的媽媽手拿著韓牛轉過頭來對我說：

「是姜依啊，妳來買什麼嗎？」

「媽媽打電話來要我買菜刀，說菜刀不好用了，可是菜刀的種類好多，不知道要怎麼選擇。」

曉瑛的媽媽跟我來到廚房用品區。

「是要切什麼的？」

「要切肉用的。」

曉瑛的媽媽選了一把刀，放進她的購物籃裡，然後繼續買其他東西，最後連同我要買的菜刀一起結帳。

「妳最近都沒有來我們家了，要找時間來玩，我做好吃的東西給妳吃。」

曉瑛的媽媽把那把菜刀跟一條士力架巧克力棒放進塑膠袋裡遞給我。

「謝謝您。」

收下塑膠袋後走出田民超市，吃著曉瑛媽媽給我的巧克力棒，並將菜刀從刀盒裡拿出來。

從衣櫃抽出一件T恤，包好那把刀後放進書包裡。真的不應該下跪才是，原本是相信跪了之後會有希望，想朝著希望走去，但現在希望已然遠離。努力地不想成為瘋子，卻成為最瘋狂的瘋子。我想像著最惡劣的瘋子，開始正視這一點，這應該是最惡劣情況下的唯一出口，就像無差別抓起泥土的瞬間，只有在伸手卻什麼都抓不到的瞬間，才有機會抓住一點點希望。

經過校門口時，看著走進學校的其他同學們，當中肯定有那天掛在窗戶上看著我的人，我等著他們來嘲笑我，他們會把我的鞋子丟進垃圾桶，在我的便當盒吐痰，或是堵住廁所的門，他們肯定會那樣做。然而我不是筆芯，無法輕盈、安全地落地，我可能會像西瓜掉在硬邦邦的柏油路後完全碎裂一樣，光是想到最後可能找上門的羞辱，就覺得恐懼。為了抹去那一絲羞辱，我準備了那一刻會用上的刀子，而要掏出那把刀，需要強烈的羞恥心，要先成為完全無法挽回的瘋子。

我坐在位置上，其他人完全沒有跟我打招呼，他們都沒看我，我把書包掛在桌側，打開書包，把手伸進去。刀子放在很容易掏出來的位置，我拿出筆盒，大家不是靠在桌上聊天，就是手拿鏡子塗抹脣蜜，或是捏碎泡麵當餅乾吃，卻都一邊注意著我。雅蘭走過來坐到我旁邊，我吞了一口口水等著雅蘭說話。

「炸物的作業寫了沒？」

「什麼？」

雅蘭從我筆盒裡拿出一枝枝的筆，一枝枝把玩著。

「就第一節課炸物的作業啊！」

「沒有。」

「我也是，要等著挨打了。」

雅蘭把我的筆放回筆盒後站了起來，往旁邊的同學走去，也從其他同學的筆盒裡拿筆出來玩弄。

「炸物的作業做了嗎？」

雅蘭又去問其他人。

數學老師走了進來，手上拿著炸物用的長木筷，炸物老師會用這根炸物專屬筷子打沒有寫作業的學生，而被打的學生手背就會出現一條一條的紅印。

「作業拿出來打開放桌上，沒寫的人站起來。」

只有我跟雅蘭站了起來，我伸出手。這樣開場也不錯，上回在辦公室裡，坐在學務主任跟班導旁邊的就是炸物老師，他摸著他的炸物長木筷看著我跟我爸媽。我跟炸物老師四目相對。

「嗯。」

老師回到講台，揮舞著他的炸物長木筷說：

「下次再沒寫，就要多打兩倍。」

運氣好的一天，就是運氣不好的徵兆。

下課時間雅蘭再次走到我旁邊，拿起筆盒裡的筆把玩著。

「雅蘭啊！」

那個叫我「臭婊子」的人站在教室後方，雅蘭用我的筆在自己的掌心上寫了什麼，那個人走向我跟雅蘭，我心臟飛快地跳著，書包在左邊，我是右撇子。

應該要放在右側的。

我吞了吞口水。

「唉唷，臭婊子來學校了啊。」

「雅蘭啊，妳在臭婊子的位置上幹麼？」

雅蘭好似在掌心上寫著「臭婊子」一詞，她會跟那個同學一同看著自己的手掌，然後一起大聲念出來的感覺。

臭婊子。

我後腦杓一陣顫慄。

「這什麼？」

那同學看著雅蘭的手問。

「這筆不錯喔。」

雅蘭攤開手，是一隻貓在眨眼。

「真的耶。」

雅蘭把筆放進筆盒裡，然後跟那同學一起走出教室。

等著，我一直等著會發生不好的事情，就連下課時間都一動也不敢動，一直看著包包準備著所有可能，但同學們沒有欺負我、沒有玩弄我、也沒有呼喊我，更沒有看向我。我現在不是本地人、也不是外來者，我被當成隱形人了，我慌了。

雅蘭持續來找我，跟我搭話，然後畫眨眼貓咪給我看，但我都猶豫著不知道該怎麼回應。當曉瑛叫雅蘭的時候，雅蘭就會去找曉瑛。我擬了個計畫。

雅蘭走到我面前，拿起我的筆在她手上畫畫，雖然我知道她會畫什麼，但我總是裝作不知道地等著，雅蘭畫出正在眨眼的貓咪，拿到我眼前。我笑了笑，從雅蘭那邊接下我的筆，雅蘭的手倒印在我手上，貓咪的圖畫就印到我手上。在圓圓的貓咪眼睛上，像是要加上色彩似地點了一個小點，高高舉起筆，往下朝貓咪的眼睛點上一點，我的貓咪就像雅蘭畫的一樣，擁有了紅色眼睛，畫到貓咪整張臉都紅通通的為止，我不肯鬆手，貓咪好似穿透雅蘭的手，來到我的手，與我接觸一般，但我依然不願停止。

然而當雅蘭靠過來遞上菸頭時，拉著我的手要給我菸頭時，我就只是拿著菸頭靜靜地站著。

「雅蘭啊，妳真的是汙穢的陷阱。」

一切都能稱為陷阱，在內心吶喊著這是既汙穢又狡猾的陷阱。比起向曉瑛下跪的那天，更令人感到屈辱的陷阱，彷彿已經成為日常。我無法習慣，如果大夥兒決議要孤立我，我就要想辦法讓她們無法孤立我。

她們多數人無法承受我的眼神，只要看著她們，她們就會脫口說出「看什麼看！」就可能引來一場架，我只要看著她們，就能夠惹事生非。因此我不看書桌，專心練習如何看著其他人，但這真的不容易，因為我總是不自覺地往下看。回到家之後，我利用廁所的鏡子不斷練習直視，眉間使力、下巴往內側壓，就能清楚看到眼球下方的眼白，之後還測試不眨眼能撐多久，但我的表情看起來一點都不嚇人，就像隻被石頭打到翻肚的笨蛙一樣。我抓起肥皂用手指搓了搓，然後用手指揉一揉眼睛，眼白馬上充滿血絲、眼淚直流，卻也因為眼淚的關係根本看不清前方，而不自覺地閉眼，這個目的是要練習用肥皂揉眼睛也能不眨眼。我的口袋裡放著一張不加水也能用的紙肥皂，手不斷放到口袋摸著紙肥皂，然後不斷搓揉眼睛，每天經過她們身邊時，我總是壓低下巴看向她們，但她們一點都不介意。

只有雅蘭會看我，只有雅蘭會認真地看向我的眼睛，不論是遞上菸頭，或是畫出有可愛表情的貓咪，雅蘭都會讓我在不知不覺中鬆懈我的眼睛，所謂陷阱就是我無法拒絕，這就是陷阱的特色。我要比雅蘭更高段才行，在雅蘭給我看貓咪之前，在雅蘭遞上菸頭給我之前，我要捨棄雅蘭的手才行。

我等著雅蘭過來，雅蘭坐在我隔壁，打開我的筆盒，不停地攪動我的筆盒，但我只看著雅蘭的手。當雅蘭拿出筆時，我依然看著雅蘭的手，當筆飛落到遠方，雅蘭就只是看著筆飛到遠處、掉落地面，然後從椅子上站起來，我也跟著站了起來、緊握雙拳。雅蘭將椅子放入書桌下，我也將椅子收入書桌下，確認了一下書包的位置，也確認了書包的拉鍊是否打開。雅蘭轉身將掉落的筆撿起來，又為了找尋不知道跑去哪邊的筆蓋，而趴到教室地上，最後找到筆蓋蓋回去，然後撥撥膝蓋上的灰塵起身，把筆放回我桌上。隔天雅蘭走到我面前，冷不防地伸出她的手掌，讓我看正在眨眼的貓咪畫像。

雅蘭有時也會帶著便當盒到我位置上，或是到曉瑛的班上跟曉瑛一起吃營養午餐。我的書包仍然放著那把刀，但我開始恐懼其他人知道這件事情，知道有菜刀的人只有我，而害怕那把刀的人也只有我。

開始去廁所，開始像以前一樣吃完飯會想睡覺，開始會因為老師的笑話跟同學的大笑而大笑。想要成為最惡劣的瘋子的想法逐漸消失，那些虛假的希望逐漸麻痺全身，不想笑卻不自覺地笑了出來，在成為瘋子之後，還可以若無其事地過日子的話，就是真正的瘋子。輪到營養午餐是特餐的日子，心情就會變好，趴下來時，陽光會晒得背部非常溫暖，有時也會覺得雅蘭是個溫暖的人。時間就這樣一天天地過著，其實也不如想像中惡劣。想要成為最惡劣瘋子的想法，最終讓我成為失敗的惡劣瘋子。

一旦承認沒拿出刀子的勇氣，就連回家的勇氣也隨之消失，原本想遠離學校的勇氣、想到遠方的勇氣與夢想，也隨之消失殆盡。連我自己都將自己視為空氣，我逐漸習慣那樣的我。

操場空無一人，花圃花朵都很鮮嫩，新的花圃負責人是誰呢？他是怎麼讓所有的花朵都吸收到水分呢？究竟是誰那麼厲害呢？花圃的花，根莖都符合它們的年齡，沒有花朵彎腰，沒有花的根莖像筆芯一樣細。我打開我的置物櫃，不久前放進去的又細又白的根，已經成為又乾又扁、毫無重量的褐色草狀。

雅蘭搖了搖趴著的我。

「妳高中要讀哪邊？」

雅蘭手上拿著高中入學申請書，我把手放進抽屜裡，掏出幾張皺在一起的紙張，找到入學申請書後，再把剩下的紙塞回抽屜。

「還沒寫。」

望著空白處，我反問雅蘭：

「妳呢？」

「老師會幫忙寫的，我根本沒有地方去啊。」

雅蘭好似說出我的想法。

「就算沒有地方可以去，也一定會送我們去某個地方吧。」

「看也知道我一定會被送去農高，去那邊的話，就可以摸到耕耘機了吧？應該也可以天天學習怎麼用耕耘機，或是耕牛的方法吧？我的意思不是說我討厭牛，我喜歡牛、也喜歡耕耘機，也覺得耕牛跟耕耘機應該都很有趣，我不懂的是為什麼這種東西要學三年？還不如去考學力鑑定然後找工作還比較好，反正不論是農高畢業還是學力鑑定，不都是同一個等級嗎？而且就算是學力鑑定我也是要自學三年，不過我一定考不過。」

拿著我的筆，不斷描著空格下方線條的雅蘭開口問：

「要一起去嗎？」

「農高？」

我也跟雅蘭一樣，描著空格下方線條回問。

「不，首爾。」

雅蘭停下描線的動作，雙眼直視著我。透明又平靜的水中，逐漸浮起一滴空氣，然後不停地浮起一滴又一滴空氣。

第14章——兩個孩子

如同孩子們穿著同樣的制服去學校，我跟雅蘭穿著同樣的角色扮演比基尼服裝在酒吧工作，酒吧名是「Grenada」。

「Grenada是什麼？」

「在西班牙文，意思是『真是一座絕佳城市』。」

「哪裡絕佳？」

「嗯」的一聲，老闆只有不停地撫摸他的鬍鬚。

「總之，就是絕佳的一個地方。」

老闆持續摸著他的鬍鬚，雖然沒有客人會說這間店是個絕佳的地方，但身為絕佳城市一員的我們，必須身著比基尼制服。雅蘭選了一件會讓乳頭隱隱顯現的比基尼，屁股處有個圓圓的白色毛團，似乎可以讓雅蘭成為她一直想要成為的「邦妮」；而我選擇有大大蝴蝶結在腰際的短裙，因為這件比基尼看起來最樸素，所以也會有客人找上我。我用真名當作化名。

「妹妹，妳的本名是什麼？」

客人這樣問。

「姜依是我的本名。」

沒有客人覺得「姜依」是本名，就連我同事也是這樣。

「只有我倆的時候，叫我惠敏，那姊姊妳的本名是什麼？」

「我？姜依就是我的本名。」

我像是說祕密似地說出我的告白。

「我真的跟姊姊說了我的本名耶……」

這讓我覺得有點抱歉，所以當同事們自白本名時，我總是要為自己再取一個本名，假的本名總是很得同事們的歡心。

「可是姊姊，妳的真實年紀是幾歲？」

我們互相稱呼彼此為姊姊，一問之下卻發現大家都是十七歲，知道我們都是十七歲之後，大家卻不相信彼此都是十七歲這個事實，所以我們彼此都不相信彼此的名字、年紀，根本什麼都不相信。然而我們在每一回的酒醉過後，依然想知道彼此的年紀與本名，明明就不相信，卻還是要重複詢問，再次確認彼此都是十七歲，就如同第一次握手一般。

第一位客人走出去時，雅蘭說：

「第一節課，下課。」

雅蘭在酒吧裡享受著上課時刻，透過鏡子看著只穿比基尼的自己，明明已經是十二月，卻依然像在海灘一樣，開心享受。而我則是知道了如何拉下短裙，讓大腿可以藏更多小費的方式，不論是露出、還是遮蔽，大腿都可以變成錢，雅蘭把錢塞進比基尼的胸罩內，我則是將小費藏在高跟鞋裡。雅蘭學會了如何製作炸彈酒，瞬間就能將酒倒入如城堡般堆疊的酒杯塔，而我從前輩那邊學到如何開啟與客人的對話。

「第一是今天的天氣，第二是晚餐是什麼，第三是客人穿的衣服，第四是正在唱的那首歌的故事。」

我幾乎跟每一個客人都說同樣的話。

「今天真冷，來的路上會冷嗎？您用餐過後才來的嗎？藍色領帶搭配起來好適合您。」

「今天算是許久不見的溫暖天氣，來的路上不熱嗎？吃過晚餐才過來的嗎？襯衫顏色很亮眼舒服。」

不論是誰，我都說著同樣的話，說著說著就會把剛剛說過的話，又重複說了一次。

「剛剛說過了。」

這時客人們就會生氣，但就算不是那樣客人也會生氣，毫無理由地生氣，毫無理由地砸破酒杯，也會毫無理由地開心。我們也一樣，沒有一天不笑，沒有一天不砸酒杯，但隔天再相見時，我們依然會開心地一起喝酒，一起耳語問著彼此的本名。

用「果陀」這個假名的同事，會吟唱《等待果陀》的台詞給客人聽，「果陀」是香港人，說自己是來韓國學習演戲的留學生。對果陀來說，工作也是念書的一部分，工作場合是她唯一的舞台，客人則是唯一的觀眾，果陀拿著酒杯登場表演，每天都等待果陀。客人們會一同吟唱《等待果陀》、互換領帶、脫下襯衫、像狗一樣狂吠。在果陀的常客中，有一位是她學校的講師，果陀也上過他的課，巧合之下那位講師走進這家店，再次遇到果陀，他覺得果陀要邊打工邊念書很可憐，也很為此動容，所以決定成為果陀的常客。

「在我來的日子裡妳可以休息，可以不用接待奇怪的客人，不是嗎？」

講師一來，果陀就會到講師身邊，講師也成為果陀的後援，而後援的方式就是將一萬元鈔票塞進果陀的胸口，然後手持續擺放在果陀胸前不放。每當講師離開後，果陀總是說她一定要辭掉這個工作，說她已經找到公演場地，下週就可以在那邊工作，我們一同給她一個預先的離別擁抱，並真心祝福果陀。但下週、下下週，果陀依然沒有辭掉這份工作，但我們依然每回都真心給予離別擁抱，真心給予果陀祝福。

下班時間將至，客人們陸續離開之後，雅蘭沒有更衣就先換上鞋子，穿著銀色亮片的比基尼搭配黑色運動鞋走來走去，收拾空杯放進流理台，戴上廚房手套、穿上圍裙，我則是拿起掃把掃地。若整理完畢後還有時間的話，飢餓就會找上門，促使我們拿出平底鍋，煎個蛋或是煮泡麵來吃，即使麵條很長，湯汁也不會噴濺到衣服上，如果不小心噴濺到皮膚，用手擦掉即可。

「想賺很多錢嗎？」

果陀一邊舀著泡麵湯汁，一邊問雅蘭。

「那也不錯。」

雅蘭用拇指緊緊按壓那顆輔助假牙回應。

「有其他想做的事情嗎？」

雅蘭舀了舀湯汁，又停下來看著果陀。

「是祕密，耳朵過來！」

雅蘭靠近果陀的耳朵，說了幾句悄悄話。

「想要遇見流浪狗，跟他們一起生活。」

「流浪狗是誰？」

果陀轉向問其他同事，同事們都嘻嘻大笑。

工作結束後大家圍在一起吃宵夜時，會覺得我們就像是一家人，比一起在無人汽車旅館的朋友們還親近。沒有瘋子同事，也沒有不是瘋子的同事，大家都是匿名的瘋子，也都不是瘋子。客人也是，看起來像是住在邑內洞的那些客人、開著進口車的那些客人，也無法區分為瘋子或不是瘋子，因為彼此都不認識彼此、彼此都不相信彼此，但也因此讓我們更緊密地結合在一起。Grenada，真是個絕佳的城市，即便我搖著頭，我也常常自言自語著，Grenada。

下班後，明明只要直接在比基尼上套上衣服就好，雅蘭還是會去暖爐室換衣服。暖爐室沒有暖氣，半開的窗戶可以聽到街上的歌聲，也可以感受到外面的寒風刺骨，雅蘭說脫下衣服的那一刻，並不會比開始穿衣服的那一刻還要冷冽。看到換上帽T或是戴上棒球帽的同事時，總覺得她們像是陌生人一樣。

「妳明明套上去就可以了，為何還要進去換衣服？」

雅蘭從包包拿出比基尼給我看。

「這是制服咩！」

服務生還會借彼此的工作服來穿。

Grenada的燈要熄滅之際，雅蘭會把兔兔尾巴放在花盆上，當燈關掉的那一刻，雅蘭的尾巴就像雪花一樣耀眼。

第一次拿到薪水時，我們去南山塔吃晚餐，第二個月的薪水出來後，雅蘭去做了門牙的植牙，我們約好總有一天要一起去Grenada旅行[6]。看著躺在我身旁的雅蘭，想起了呼喊她的曉瑛，曉瑛不是選我而是選雅蘭，但雅蘭選我而不是選曉瑛，我在那場決鬥中輸了，但我獲得雅蘭，雅蘭給我的是那場決鬥中最棒的補償。

沒有人能找到我倆，這裡沒有要緊的敵人、沒有家人的愛、沒有學校，所有可怕的一切都消失，好似脫離那個世界的心情。我經常跟自己說著，不要讓自己再回到邑內洞，沒有想見的人真好。

我們開始存錢，從每個月的薪水中，拿出十萬元存進同一個帳戶。雖然不用再撿菸頭，但雅蘭依然很會撿東西，會撿回酒吧倉庫裡高價的進口啤酒，或是卡芒貝爾起司（Camembert），雅蘭說倉庫裡的東西總像是被丟棄的東西一

6. Grenada，格瑞那達，是一個位於美洲西印度群島中向風群島南部的國家。

樣，所以才把它們撿回來。雅蘭像對待她撿回的小貓一樣對待我，從曉瑛跟我決鬥那一天起，一直都是這樣，雅蘭對我就像對待被拋棄的小貓一樣，說不定提出要離家出走的雅蘭，就是為了撿回我才這樣做。

雅蘭經常分不清東西是我的還是她的，雅蘭的錢跟我的錢沒有區分的必要，而雅蘭常常穿我的衣服，我也常常穿她的衣服，我們買一樣的內褲，所以也不用區分彼此的內褲，也會從彼此的錢包裡拿錢買東西回來。我跟雅蘭成為彼此唯一的家人。

第15章——刀

如同冬日時會在街邊的貨車上買橘子一樣，夏日的我們，就會在街邊的貨車上買西瓜，我倆一起提著西瓜回家。

「這要怎麼吃？」

雅蘭邊敲打著西瓜邊問。

「用拳頭試看看！」

雅蘭跟我輪流用拳頭打，但只換來拳頭呼呼作痛。

「用丟的？」

雅蘭拿起西瓜，站了起來。

「等等！」

我翻了翻衣服堆，找出藏在T恤裡的那把刀，是曉瑛的媽媽買給我的那把刀，一直以來都放在書包裡的那把刀。

「這裡有刀。」

雅蘭看了一下我的手心。

「對耶！妳那邊有一把刀。」

雅蘭看到刀子很開心，但雅蘭是什麼時候知道這把刀的存在呢？

「是為了要殺誰而帶著的嗎？」

雅蘭嘻嘻笑地問。

「不是為了想殺誰，而是想保護自己。」

我不自覺地說出我根本不知道的答案。

「快用這把刀保護我們的拳頭吧！」

我把刀放在西瓜上方用力一切，其實用刀很簡單，只要用力一次，刀子就會自動穿透西瓜皮，滑進西瓜裡，西瓜裂成兩半，西瓜汁流到地上。吃水果時，我會拿出我的刀；當冰淇淋像石頭一樣硬時，我會拿出我的刀，跟雅蘭一起抓住刀柄，邊喊邊切冰淇淋，只要掉下一塊冰淇淋，雅蘭就會拿來兩根湯匙。

「妳知道這些冰淇淋怎麼做的嗎？」

「不知道。」

「尼祿皇帝[7]下令要人拿來阿爾卑斯山的萬年雪，因為他想吃。為了挖掘萬年雪而踏上搜尋之路的人幾乎都死了，但有幾個人成功挖了萬年雪回來，就成為冰淇淋。」

我跟雅蘭把冰淇淋做成一座山的模樣，刮下黏在冰淇淋蓋子上的碎冰，灑在山頂上，兩個人拿著湯匙吃掉這座山狀的冰淇淋。

「瘋子做的東西都很好吃！」

7. Nero Claudius Caesar Augustus Germanicus（三七～六八），羅馬帝國第五任皇帝。

一手拿著刀子，口中含著湯匙的我，點點頭。

「死在萬年雪中的人，肯定是這世上第一個吃到冰淇淋的人吧！」

雅蘭也點點頭。

「一起去紋身吧！」

「紋身？」

我想要擁有曉瑛無法擁有的，想與雅蘭共同擁有，想留下我們彷彿合而為一的身體，留下我們在一起的證據。雅蘭說想要將邦妮刻在身上，我對於紋什麼圖案都沒有意見，只要跟雅蘭一樣就可以。

雅蘭的邦妮，臉頰扁扁的，可我的邦妮則是胸部比頭還要豐滿，明明就是同一個圖案，為什麼看起來如此不同。

「不痛嗎？」

小心翼翼地碰著紅腫的皮膚，我問。

「不痛啊！」

紋身師傅說每個人的感受不同，有人就算傷口一大片，也完全不會痛，但有人就算只有小部分傷口，也會比其他人還要痛，師傅用傷口來比喻紋身，就像有人怕冷、有人怕熱一樣，也有不怕痛跟怕痛的人。

「就像紋身一樣痛。」

雅蘭在淺眠之中喊痛時，是這樣說的。我冒著汗、緊咬門牙喊痛時，也這樣說。

紋身師傅說，有人只需要做一次，就能完成紋身並擁有清楚的圖案，有人則需要修飾好多次才能完成。雖是同一個圖案，但表情不同的邦妮，讓人毫無擁有同個東西的滿足感，就像給學生穿同一套制服一樣，根本毫無意義。

雅蘭忍不到紋身圖案結痂，很癢就抓了抓肩膀，我不癢。但雅蘭越抓就越讓邦妮的臉裂開，不仔細看的話，根本看不出來是邦妮。

「邦妮變年糕了。」

雅蘭哭喪著一張臉，但就算哭喪著臉也還是會去抓邦妮，想要成為邦妮的雅蘭，現在成為紋了一個年糕的邦妮；而沒有那麼想成為邦妮的我，卻清楚地紋出一個邦妮。

同學們都在考慮大學要念哪邊時，雅蘭跟我卻在計畫旅行，存摺裡的錢比畢業證書更令人開心，我們在網路上翻找便宜的機票，買了旅行書跟會話書，也一起辦了護照，看著護照空白頁，想像我們往後會蓋滿各國出入境章。如果有人問起，當其他人在念書時，妳在做什麼？我會掏出我的護照給他看，用那人不知道的國度的語言，跟他打招呼。

「Adiós！[8]」

真的是絕佳的城市，我們要去那個地方。

說要去大眾浴湯的雅蘭沒回來，她穿著一件被食物湯汁噴濺過的T恤，腳上踩著不合腳的大拖鞋，帶著放有義大利毛巾跟搓澡用肥皂的沐浴專用籃子走出家門，存摺裡的錢也一起消失。在機票要付錢開票的那一天，我們共同擁有的夢想，隨著雅蘭消失而消失了。

我打開抽屜，發現一件白色洋裝，是雅蘭買的，但她一次都沒有穿過，一同買的新內衣，也兩兩一組地摺好。電視上的玩具排列整齊，為了收集那些商品，雅蘭每個月第一天都會去速食餐廳。雅蘭存下的電影票、雅蘭借的漫畫、雅蘭會夾在腳下的墊子、睡覺時會用的抱枕都還在它們該在的位置上，說喜歡它們卻統統拋下它們的雅蘭，走了。在充滿雅蘭痕跡的房間裡，找不出一點蛛絲馬跡，那也是雅蘭最後的痕跡，就像我沒有留下隻字片語地離家一樣，雅蘭離開了我，我變回瘋子。

8. 西班牙文，「再見」之意，道別時用的招呼語。

第16章——鬥魚

拿起一包冷凍烏龍麵放到購物籃裡，原先買的食物都已經過期，現在買的這包烏龍麵說不定也會面臨過期後被丟進垃圾桶的命運，但我還是在各種速食商品中慎重做出選擇，慢慢地逛著超市。選擇食物跟生活必需品是日常生活最重要的任務。

在即食食品區的對面有個水族箱，小朋友們會把臉鼻貼在水族箱的玻璃上，藍色照明燈讓水看起來像是青綠色一樣，有的魚沒有尾巴也可以游來游去，有的魚已然死了翻肚浮在水族箱的水面上，水族箱的員工用網子把牠們撈起來。我想起比目魚，想起從水族箱移到水族箱，只有死的那天會被網子撈起來的，那生魚片專賣店的魚腥味。

「有比目魚嗎？」

「客人您好，比目魚在水產區喔。」員工指著內側的水產區說。我擠在小朋友們之間，彎下腰看著這些魚，魚不停地游著泳，就像運動場踢足球的小男孩一樣，有時會擠在一塊。我想起跟朋友們拉起手臂一同走路的那天，想起與我手臂親密接觸的那隻手臂，也想起與曉瑛一同脫下衣服，她的身體跟我的身體親密接觸的那些光滑夜晚。

「魚為什麼會游泳呢？」

我越來越好奇，好奇生魚片專賣店的比目魚為什麼不會游泳。

我伸直腰桿站起來，環顧水族箱周圍，賣魚飼料的區塊擺著一罐罐的透明罐，有的罐子裡放著一條魚，有的魚是紫色、有的魚是紅色，罐子裡的魚都還沒有死，但也沒有在游泳，就像罐子上刻的立體圖案一樣，靜靜地漂浮。有個小朋友仔細看著罐子，然後晃動罐子。

「牠為什麼獨自待在這邊咧？」

我也跟著小朋友仔細瞧著這個罐子。

「牠叫鬥魚，只能獨自待著。」

員工遞了一張紙過來，上面畫著鬥魚，還有養鬥魚的方法。

員工還從圍裙的口袋拿出小鏡子，將小鏡子靠在罐子的旁邊。罐子裡的鬥魚一看到鏡子，就馬上張開魚鰭，紫色鬥魚隱藏的魚鰭，是紅色的，張開魚鰭的鬥魚是原先的兩倍大，在罐子裡，牠朝向鏡子瘋狂地游泳。

「只要看到鏡子，牠就會張開魚鰭，這是因為看到鏡子裡的自己會想要打架的關係。」

我把罐子放進購物籃裡。

「一定要單獨放著，如果跟其他魚放一起的話，就會跟那隻魚打到天荒地老，直到另一隻死掉為止。還有，每天都要讓牠看鏡子，要不然魚鰭就會乾掉，最後死掉。」

魚飼料跟魚缸也一起放進購物籃中，雖然這魚缸是店裡最小的魚缸，但足夠讓一隻魚住。

鬥魚代替雅蘭跟我一起住，我將鬥魚取名為姜依。姜依平時完全不游泳，只躲在塑膠水草後，隱藏牠紫色的身體，不論是早餐還是午餐時，姜依都在那個位置上。姜依獨自生活，只要跟其他魚一起，兩隻終究會有一隻無法存活，不是對方要消失、就是自己要消失，這就是鬥魚的命運，所以為了活下去，姜依必須獨自生活。

魚缸旁放著一個小鏡子，只要給姜依看小鏡子，牠就會從水草後跑出來，向鏡子衝過去。姜依張開並擺動牠泛紅的魚鰭，就像充滿青筋的前臂一樣，然後用頭撞著玻璃，接著再次後退，張開嘴巴，好像要跟鏡子裡的自己決鬥，而決鬥時，牠的魚鰭會像扇子一樣展開。

我想像著在姜依的魚缸裡再放進一隻魚，姜依就會依循命運展開決鬥，不是姜依死，就是另一隻魚死，兩者中一定有一隻要不見。我也想像著不給姜依看鏡子，姜依會因為不能看到自己，而逐漸腐蝕，腐蝕到最後就會翻肚浮上水面。或許姜依想要的就是這個也說不定。在魚缸獨自生存，一生都跟鏡子一同生活，如果這不是天生注定，那麼生而為鬥魚的姜依，原本會在哪裡、會如何生活呢？

姜依躲在水草後方整夜看著我，每當想起詢問我夢想是什麼的曉瑛，以及一句話都不說就消失的雅蘭，我都會躲進棉被將身體蜷曲起來，我把我自己藏在這空無一人的房間裡，然後踢開棉被跑進廁所用冷水洗臉。我發現，每回看著鏡子裡將臉上水珠甩落的我，額頭上都會冒出青筋，呼吸變急促。我走向姜依，給姜依看鏡子。

嗯，還活著。

第17章 Grenada

在書包裡放進一瓶水，還有用T恤包好的菜刀。江邊只有散步的人們，就連散個步還要注意服裝，還要帶個水瓶，就只是為了散步而走著。我也在散步，每每經過薰衣草田，就會想起小時候看過的漫畫，漫畫裡的薰衣草田是灰色的，從主角到登場人物統統都死在薰衣草田，登場人物流的血也是灰色的。我為了要見證那其實不是灰色的、應該是紫色的薰衣草田，才每天都來到江邊散步。又因為想要逐漸抹去那些灰暗記憶，每天都穿不同顏色的衣服，每天都想著要走到更遠、更遠的地方。

姜依看著鏡子打架的頻率逐漸下降，可能牠現在看到鏡子裡的自己也不會生氣了吧。姜依的魚鰭出現像是發霉的白點，白點逐漸擴大，瞬間就像鵝毛雪一樣長滿姜依的全身，魚鰭有零星撕裂的情況，魚缸水散發出餿味。我到超市去買魚的皮膚病治療藥水，滴幾滴到魚缸裡。

不要忘了！你要打架才能活命。

白色發霉斑點逐漸減少，撕裂的魚鰭又恢復正常，但沒過幾天，白色發霉斑點又再度籠罩姜依的魚鰭。我幫姜依洗了對牠好的鹽浴，姜依又恢復正常了，但如果姜依不打架的話，也沒有任何意義，所以我常對姜依說：

不要忘了！你要打架才能活命。

姜依不打架了，姜依成為水中不會融化的雪團，從雪團掉落的白色肉塊，不僅漂浮在水中，也逐漸浮上水面，讓我想起曉瑛的水晶雪球，也想起看到從我臉上掉落的雪就會狂吠的我家狗狗——姜依。同時也想起我曾經想與姜依到一個四季都被雪覆蓋的地方，而如今魚姜依到了四季都有雪的地方，姜依在如同暴雪覆蓋的白色發霉之下，溫暖地走向死亡。

背起包包、手捧著魚缸走向江邊，從頭走到尾端，沒路了。石堆之間長出雜草，到處都是汙水坑，遠處好似是高速公路，能聽到車輛快速奔馳的聲音。江水成了廢水，踩著泥濘跟著廢水繼續往下走，廢水是從草堆覆蓋的山的那側潺潺流下的，我循著廢水往山裡走。廢水從下水道緩緩流下，我看向那蜷縮於地面的下水道的破洞，裡面散發出腐爛的味道，下水道的入口處滿是黴菌，下水道內烏黑一片，感覺就像水井一樣深，彷彿腳一伸過去就會掉落。

我把包包放在下水道入口處，掏出菜刀，一手拿著刀子，懷裡抱著魚缸往洞內走，膝蓋都溼了。我抓著膝蓋蜷曲著身體，空氣相當寂靜，而我更寂靜，周邊吵雜的聲音都消失，傳來蟲鳴聲，一陣風吹過，傳來樹枝碰觸到下水道的聲音，下水道深處傳來風聲與哭聲。我拿著刀子在黑暗中揮舞，也只有刀子能夠守護我。

「Grenada！」

我在下水道呼喊著Grenada，真的是個絕佳的城市。我在Grenada丟棄姜依，姜依順著廢水流去，廢水會變成水流，姜依跟著水流就能再次展開牠的魚鰭，走向死亡的姜依，或許就能盡情游泳，因為沒有水族箱，姜依的終點站不是水族箱，跟死掉之前只能待在水族箱的比目魚不同，姜依變好了。這廢水連接到江水，江水會走向大海，到世界的盡頭重新開始，不論是死，或不是死。

把幾件衣服塞進舊衣回收箱，將風扇跟電毯放到隔壁家的玄關，包包裡放著用T恤包好的菜刀，回家。

第18章——祈禱

邑內洞還是邑內洞，都沒有變，國小隔壁那間有著塑膠屋頂的辣炒年糕店，以及它隔壁的鐵皮大門五金行都還在。不過，曾是淡藍色建築的東建公寓被漆成紫色，建字的「廴」掉落，成了東聿公寓。

媽媽光著腳來開門，姜依看到我就馬上尿在地板上，接著踩過尿朝我飛奔而來，不停地抓著我的膝蓋，尾巴一直搖個不停。媽媽緊抓我的手，把我帶往媽媽的匾額下，板凳上面依舊放著一杯淨水與蠟燭，不知道點了多少根蠟燭，板凳上的蠟油根本與板凳合而為一。媽媽對著淨水行禮。

「真的非常感謝。」

行禮後的媽媽，把我緊緊抱住，我乖乖地讓媽媽抱著，直到媽媽放開我為止。我坐在姜依旁邊，姜依不斷地舔著我的眼口鼻，然後躺了下來，我摸了摸姜依的肚子，躺著的姜依抓著我兩腳的襪子舔著，襪子被姜依脫掉，姜依咬著襪子到處亂跑，最後把我的襪子放進牠的狗屋寶物堆中。為了想看被放進狗屋的我的襪子，我整顆頭幾乎黏在地板上，最後枕在書包上陷入沉睡。

張開雙眼時，我身上蓋著棉被，媽媽跟爸爸坐在我旁邊看著我，飯桌上已經準備好熱騰騰的飯菜。

「吃飯吧！」

爸爸向我伸出手，我拉著爸爸的手起身，我將書包放在飯桌旁，跟家人一起坐進飯桌。

「過得好嗎？」

把飯放進嘴裡的爸爸問。爸爸再也沒有做出可怕的表情，但也沒有看著我的眼睛，視線只停留在我的肩膀，爸爸看起來很疲憊。四年前滿頭烏黑的頭髮，如今髮際線逐漸往上移。我努力想要回答，但也只能不點頭也不搖頭。飯桌上依然是烤牛肉，但這回不論是媽媽還是爸爸，都沒有一直夾肉到我碗裡，這讓我內心平靜許多。雖然我沒有回答，但爸爸依然獨自點頭，我們沉默地吃著飯。

「回來就好，回來就好。」

看著電視的爸爸這樣說，然後就像洩氣的氣球一樣躺平。看完連續劇的媽媽跟我四目相視，好似考慮著要說些什麼，但不久後媽媽沒有說一句話就起身，拿棉被幫爸爸蓋上，再拿抹布擦起電視和房間，統統擦完之後就去煮抹布，煮完後就在家裡走來走去，最後走到淨水處行禮。以前媽媽每回行禮時，都會大聲地讓我知道她的祈禱內容，用哭泣的聲音讓我聽得一清二楚。但今天的媽媽不同，沒有哭泣的聲音，只是注視著她的手，不斷地行禮，好像現在也已經不在乎我是否有看著她行禮了。

我的房間依然如舊，只是我的東西堆疊了起來，空間中放著家裡要用的生活用品，書桌上依然有我的筆盒與筆記本，但也被狗飼料袋與捲筒衛生紙占領，還有布滿灰塵的三節禮盒組，以及幾個包包，床上有裝滿糕條狀白色蠟燭的箱子。看著我的房間成了雜物間，我所知道的父母、在這房間生活過的我，如今已然消失了。

我打開衣櫃，金色鈕扣的校服還是掛在衣櫥裡，拿出包包裡那把刀，藏進衣櫃深處。

我要向妳走去。

一早，媽媽跪坐在客廳，手上拿著一串佛珠轉動著，膝上攤開一本千手經，媽媽在祈禱些什麼呢？是請求回來的我再次回來嗎？媽媽如今應該已經不用祈禱了才對。相同的祈禱文反覆數十次。

「娑囉娑囉。悉唎悉唎。蘇嚧蘇嚧。菩提夜菩提夜。菩馱夜菩馱夜……」[9]

完全聽不懂經文的內容。

「這是什麼意思？」

「媽媽也不知道，說是不能知道。」

「不能知道？」

「就像宇宙號搭載著猴子一樣，猴子不會知道宇宙號的原理，但猴子知道按下宇宙號紅色按鈕，就可以飛向宇宙。神有什麼旨意，我們不會知道，但只要背誦這些經文，就能夠撈出掉入地獄的人。」

媽媽把其中一頁千經文放到我手上。

「讀讀看，先不要企圖去理解什麼。」

媽媽好似停止理解我的樣子，我偷偷地將千經文塞回去給媽媽，走到廚房拿出磨刀石，回到房間把衣櫃裡的刀拿出來磨。

9. 《大悲咒》之部分咒文。

祈禱結束後的媽媽做了早餐、打掃家裡，又再次祈禱，然後做了午餐、看電視，然後換了一杯淨水，接著再次祈禱。爸爸回家後，媽媽做了晚餐，然後跟爸爸一起看電視。電視新聞總是會出現殺人案件，二十幾歲的林某殺了劉某，他們從十幾歲起就不和，幾年過後的某一天，林某找上了劉某，然後殺了他。媽媽不可置信地咋舌，爸爸則是把爆米花放進嘴裡，真是平凡的一天，不論是林某殺了劉某、咋舌、吃爆米花，都是日常反覆出現的小事。

客廳傳來媽媽祈禱的聲音，就像從螞蟻洞傾巢而出的螞蟻一般的聲音，日落之前可以聽見清晰的祈禱聲，不過進入凌晨時分，就轉變為奇怪的喃喃自語。另外還混雜著破口大罵的詛咒與髒話，還有聊天般的笑聲，我聽到有人叫我的名字，還有說不出口的話語、已經永久潰爛的話語、已經遺失卻像喃喃自語的話語，奇怪的是，這些聲音我聽得比祈禱聲還要清楚，這些喃喃自語就像火蟻一樣四處擴散。除了媽媽的自言自語，爸爸的打呼聲也聽得見。爸爸睡覺時很敏感，即使在睡夢中，也能聽見冰箱被打開的聲音，然後驚醒。我一直躺著聽媽媽跟爸爸發出的聲音，然後從衣櫃裡拿出磨刀石，我發出屬於我的聲音，磨著刀子。

第19章——感應燈

給姜依飼料之後，我坐在書桌前，書桌上有火蟻成群，朝著飼料袋前進，打開飼料袋，飼料袋中有許許多多的螞蟻在爬。

「姜依啊！」

姜依邊咬著飼料邊看我，姜依嘴裡有許多紅點爬行著，姜依舔了舔嘴巴和鼻子。往姜依鼻子逃亡的紅蟻，最後掉入姜依的嘴裡，又繼續爬行。姜依舔了舔飼料碗，然後挖了挖耳朵，有一兩隻螞蟻掉到地上。

媽媽過著雙面人生，白天跟過往一樣善良，看電視、咋舌，有時祈禱，晚上則是坐在關了燈的客廳裡，用奇怪的聲音發出奇怪的聲響。夜晚的聲音聽起來更像我的聲音，而不是媽媽的聲音，媽媽應該是代替我每晚跪坐在客廳。

我嘴裡同時感受到被曉瑛吐口水時，嘴裡所感受到的血味，以及舔著曉瑛的身體時，嘴裡感受到的鹹味。當我躺在沙發上看著沿牆壁爬的紅蟻，或是看著沒說一句話、心情逐漸變好的媽媽背影時，都會聽到不知從哪傳來的媽媽自言自語的聲音，而這些張眼就能做的惡夢，我稱之為「感應燈」。

感應燈自顧自地亮著，應該是黑暗中有某樣隱形物件正在移動，越看越覺得某些場景會越來越清晰，某些場景好似被色彩浸潤般地碾碎。在感應燈下，跪在曉瑛面前的我的模樣，最鮮明；曉瑛臉上那逐漸凝聚的血滴，最美麗；跟曉瑛決鬥那天，所聽見的那些命令，最宏偉；曉瑛那帶有神祕憎惡的嘴脣，最讓人無力。這場午覺反而充滿性慾地捆綁著我。

我們家中四頭禽獸各自在自己的世界裡說話、生存著，姜依對著空無一人的陽台窗外，豎起耳朵；我在房間裡，拿出藏在衣櫃深處的刀子，看著；媽媽在客廳跪坐，讀著千經文；爸爸則是在臥房裡打呼睡覺。我們都在各自的魚缸裡獨自奮鬥。每當想起曉瑛的聲音，我就會將手指伸進內褲裡；媽媽的自言自語越來越快、越來越激烈時，發音就會黏在一起，進入興奮狀態；我想起從同學們的角度看待我動拳的樣子，想起在樹林裡被脫光的我的身體時，我到達性高潮。當我覺得那把菜刀，好似刺穿我的身體時，我跑向曉瑛，就像刺穿我心臟似地刺向曉瑛，曉瑛的衣服染紅，她瞬間昏倒了，但我沒有停下，曉瑛的口鼻滿是鮮血，我的運動鞋也染紅了。

「妳這個住在邑內洞的傢伙。」

我的身體止不住地發抖，姜依張開那泛紅的魚鰭，讓身體比原先大了兩倍，我的魚鰭填滿整個房間，在房裡亂竄之後睡著。

「姜依要一起去嗎？」

沐浴後的媽媽打開我的房門問。我先是搖了搖頭後，馬上換了一個想法，這是我能為媽媽做的最後一件事情，我跟著身穿法會服裝的媽媽走出家門。

碎石頭在腳下發出輕快的聲音，部分區域設置了蓮花燈，媽媽與我走在蓮花燈之下。

「這些統統都是祈願吧？」

我瞧著蓮花燈下那些隨風搖曳的紙條，無病長壽、富貴功名、心想事成、事業成功。

「要一起寫嗎？」

媽媽走進佛堂，拿來一張紙跟一枝筆。對我來說，我只有把自己撈出家裡這個願望而已。媽媽看著紙張略微猶豫，寫下「娑囉娑囉。悉唎悉唎。蘇嚧蘇嚧。菩提夜菩提夜。菩馱夜菩馱夜……」取代願望，她寫了滿滿的《大悲咒》，然後將那祈願紙條掛在蓮花燈下。

佛堂裡點著高如天花板的蠟燭，有的佛像很巨大、有的佛像小如手掌，媽媽跟僧侶、信徒們正在禮佛，而我就在山神閣或是赤朝殿之類的建築中流轉，但不論是哪裡，到處都堆疊著米、年糕與水果，人們都跪著祈禱。媽媽祈禱著我可以再度回到邑內洞，而我則是祈禱著再也不要回到邑內洞，跟曉瑛決鬥的那一天，我喃喃自語地祈求要贏曉瑛，曉瑛也肯定是喃喃自語地祈求非贏我不可。一方的祈求越是強烈，就能夠壓過另一方，祈禱也會跟祈禱打架，有的祈禱會因著慾望而勝利，有的祈禱就會莫名地慘敗，這還能叫做祈禱嗎？

蓮花燈下有掉落的祈願紙條，混雜著碎石，一位僧侶將這些掉落的紙條撿起來，再度掛回蓮花燈之下。

「這裡總共有幾個呢？」

我一邊將掉落的紙條遞給僧侶，一邊問。

「有五千個。」

每當風起時，這五千個不同的祈願，會朝同一方向搖曳，也會有幾個蓮花燈下的祈願紙條隨風掉落。

人們都帶著棉手套，媽媽也是，每個人手上都拿著一個黃色袋子，隨著眾人走上山。黃色菊花燦爛地綻放著，整片山腰都是菊花田，大家紛紛將菊花摘下放進袋子裡。來到寺廟的人們必須齊心協力，我也摘下菊花，小小花朵被風一吹就會四散。人們會購買乾燥菊花，將它放到熱水裡，在熱水裡，已經死亡的小小菊花就會迅速綻放。我邊摘菊花，邊往媽媽的方向走去，媽媽就像在清理抽油煙機一樣地眼淚直流。

「不管怎麼摘，都摘不完。姜依啊！」

媽媽像孩子一樣哭泣，望著遠方綻放的菊花們。

「每週都摘那麼多，為什麼還是那麼多，摘都摘不完！姜依啊！」

不論多麼認真地祈禱，都一樣。

黑暗中傳來沙沙的腳步聲，我的臉被抓破了，是姜依！身上帶有褐色斑點的姜依站在我眼前，牠的斑點就像壁紙的斑點一樣。我一動也不動，姜依舉起前腳，不斷用指甲抓著我的臉，直到我抱住牠為止，姜依在我臉上留下抓痕，我張開一隻手臂，將姜依攬入懷中，牠不斷咬著我的臉，直到牠圓圓的斑點安靜了下來，靜靜地睡著。

我的臉感受到姜依呼出的氣體，我想起與曉瑛、雅蘭一同照顧的那隻貓咪，曉瑛弄出來的傷痕，就像一個認證的痣被刻畫在臉上。我按壓著姜依的認證，姜依醒了一會兒，又再次走入睡夢中。

第20章——水晶雪球

地平線那一端陽光乍現，媽媽的自言自語停止了，我打開衣櫃拿出外套，同時也拿出那件藏在衣櫃深處的T恤。

玄關門開著，只要姜依願意，就可以去任何地方。我坐在公車站，清晨的街道上，光明與黑暗共存，白色公車停下，打開車門、關上車門，然後離去，公車上會有一兩個人瑟縮在外套裡。一輛熟悉的公車停了下來，我上了那台公車，一開始路上的招牌都很熟悉。

曉瑛家的燈是亮的，十六歲的我站在那邊等著我，我走到十六歲的我的身旁。要上學的孩子們一一走出這棟大樓，他們都穿著陌生的校服。

「制服樣式改了啊！」

現在，穿著早已沒人穿的舊校服的十六歲的我，望著呆呆的我。行道樹的頂端掉落一片葉子，我拉下外套拉鍊，將T恤塞進一側腰裡，然後將拉鍊拉到頂端。

穿著西裝的上班族走出大樓，再過一會兒，黃色巴士開進這個社區，身穿幼稚園校服的小孩努力跨上校車；接著出現的是配送貨車，配送司機推著一台滿是箱子的手推車進到大樓，接著再推空空的手推車走出大樓；然後是搬家公司的貨車，他們打開雲梯車，透過窗戶運送著曉瑛家樓下那一戶的行李，我看著一台鋼琴乘坐著雲梯車，緩緩向上，心想曉瑛該不會已經搬家了吧！不過我一定要等到曉瑛，一定要等到那個住在田民洞、身為田民洞居民的曉瑛，就算事實上再也見不到，我也一定要見到她。

大樓的大門陸續開開關關，玻璃門從本來反射出綠色、鵝黃色，然後變成白色。曉瑛終於走出大門，曉瑛一步步靠近，曉瑛依然是曉瑛。我拉下拉鍊，握住刀柄朝曉瑛走去。我們互看了一眼，然後曉瑛就這樣掠過我身旁。

「曉瑛！」

我掏出刀子，曉瑛回頭，歪頭看著我。

「是我。」

曉瑛眨了眨眼睛，我看著曉瑛的眼皮將她的眼球蓋住又打開，曉瑛的記憶似乎逐漸被我開啟。

「啊，邑內洞那個女的。」

曉瑛看了一眼刀子，然後視線回到我的臉上。

「想幹麼？」

一台車從我們身旁緩緩經過，我沒有藏起刀子，但雙手開始顫抖，曉瑛則是看著顫抖的刀子。

「想刺我？」

曉瑛嘴角露出微笑，我朝曉瑛走了過去，曉瑛依然站在原地。腳步越來越艱辛，還不小心滑了一下、扭了一下，略微搖晃後我再次站穩腳步，另一隻腳艱難地踏出步伐。曉瑛一副忍住笑意的模樣，曉瑛又長高了不少，往日的嬰兒肥消失，下顎線條越來越明顯。

「刺啊。」

曉瑛若無其事地說著，我奮力地朝曉瑛刺了過去，但刀子掠過曉瑛的手臂，刺往曉瑛的身側，曉瑛的毛織外套破了，露出內裡的白色棉花，白色棉花染上些許鮮血，流血的是曉瑛，但驚嚇到的是我，我的心跳聲淹沒了我的耳朵。曉瑛的眼神很銳利。

「刺啊。」

是命令。

「刺啊。」

曉瑛再度下達命令，我再次伸出手，但雙手無力，只有讓毛織外套破得更嚴重而已。我想著曉瑛的美麗，就連應該拿穩刀子、用力握住刀子的雙手都顫抖了起來。曉瑛訕笑著，然後轉頭離去。

曉瑛離去的方向有一棟大樓，那棟大樓的盡頭又有另一棟大樓，許多窗戶內住著許多林某與劉某，每一天，林某都想要殺了劉某，或許殺了，或許沒殺成。看著新聞的人們，天天都在咋舌，然後就忘了那許許多多的林某與劉某，然而夜晚降臨，就會有許多人在夢裡成為林某與劉某，在自己的惡夢中徘徊，就算忘了那個人，但那夜晚也不會消失。我低下頭，聚精會神地聽著逐漸遠去的曉瑛的腳步聲，伴隨著曉瑛的說話聲。

「瘋子。」

我抬起頭跑向曉瑛，抓住曉瑛的手腕，曉瑛再次與我四目相接，那一瞬間我把刀刺入曉瑛的脖子，然後拔出來，曉瑛發出尖叫聲，爾後癱坐在地上，我丟下刀，轉身就走。

我走進公共電話亭，打電話給雅蘭，就算他們家換了電話也無所謂。是雅蘭的聲音。

「是我，姜依。」

雅蘭沒有回答，我把手靠在公共電話亭的玻璃上。

「原來妳回家了啊。」

「嗯。」

「為什麼要這樣對我？」

雅蘭靜默許久沒有說話，我用手指擦拭玻璃上乾掉的雨跡，明明是道很明顯的汙漬，卻無法從內側摸到。

「我又遇到被車撞的貓咪，所以讓貓咪動了幾次手術。」

「所以是為了救貓咪才那樣啊。」

「死了，全部，我們全部的錢就那樣而已。」

我掛上話筒。

初雪提早降臨，雪花隨意掉落地面，隨意累積著。在互相糾結的電線上、在密密麻麻的垃圾袋上、在許許多多的落葉之上，迅速累積。

車道、人行道被擦掉，草坪、柏油路面也被擦掉，所有地方逐漸被雪覆蓋，不論是被冰凍而死的行道樹，還是路旁一排路燈，都像蛻變成新生命的白色亮光般閃耀著。

新雪可以恣意覆蓋一切，新雪上的腳印又會再次被覆蓋，那覆蓋而上的新雪，瞬間讓雪變得汙穢。

姜依坐在玄關搖著尾巴，媽媽在看電視，大門敞開著而姜依沒有跑出去，大門敞開著卻沒人走進我們家，我坐到媽媽旁邊，跟媽媽一起看電視。午間新聞結束，進入地方電視台的廣告時間，演員大叔跟大嬸個個擦著汗水，舉起大拇指宣傳大田新開的汗蒸幕，然後是扮演子女的演員用誇張的動作點著頭，看起來像大學生的那個二女兒，是曉瑛，雖然焦距不在曉瑛身上，但我知道那就是曉瑛。身穿汗蒸幕的衣服，戴上用毛巾做成的羊寶寶頭巾，吃著溫熱的雞蛋，演員大叔開始介紹汗蒸幕的優點，畫面一角出現曉瑛的半截臉蛋，隨後演員大叔站了起來，帶領鏡頭環視汗蒸幕全景，曉瑛就消失在畫面上。混雜著哭聲與笑聲的怪異聲音從我嘴裡傾瀉而出，每晚聽到的媽媽的聲音，從我嘴裡冒出。

派出所警察來按我家門鈴，我跟著他們走出去，停在國小前面的警車的警示燈就像雪花掉落一般，往天空噴射。我伸出手，但一抓雪就會融化消失，僅剩下水珠在掌心，那水珠是透明的，在越踩反而累積越多的東西與越抓就變得越透明的東西之間，我逐漸穩定我的情緒。睫毛上有水滴，我因為水滴而能看見睫毛。家前方的工地，依然只有起重機，這個冬天的尾聲是這樣，下個冬天的尾聲也是這樣，一直以來都是這樣，就這樣什麼都不是、什麼都沒有，最終我也什麼都不是。我做的事情可能會成為媽媽新的祈禱主軸，或是成為另一個惡夢，以及為了脫離惡夢的另一個祈禱的起始。

曉瑛深陷鬼門關好幾天，就像許多林某與劉某的故事一樣，我在看守所看到我們的故事出現在新聞上，邑內洞跟田民洞、我們念的田民國中，還有簡單說明我們的故事，多數都是說我違法寄戶口與我離家出走的事情，接受訪問的老師被馬賽克處理，他感嘆著曉瑛的際遇。最後一個畫面是汗蒸幕廣告中，曉瑛的特寫鏡頭。曉瑛穿著她死都不願意穿上的圓領T恤，而且是又寬又圓的土黃色T恤，像隻羊溫馴地笑著。

經歷無數次的試鏡，終於拍了第一次廣告的曉瑛，被壞朋友襲擊的故事，跟其他林某與劉某的故事不同，這起事件吸引著大眾的目光。報導藝人訊息的電視節目聊著曉瑛的情況，網路上聲援曉瑛、為曉瑛加油的留言迅速累積，粉絲們為曉瑛開設了粉絲專頁；有名的導演，那位專找有故事的演員的導演，說曉瑛恢復意識之後，要找曉瑛演他的電影。新聞說曉瑛第一次的廣告拍攝相當順利，曉瑛被冠上「汗蒸幕天使」的暱稱，是受眾人愛戴的新進演員。我的刀，用奇怪的方式成就了曉瑛的夢想。

媽媽每天都來看我，爸爸被要求辭職，在居民的抗議聲中，爸媽搬家了，沒人願意買我們家，所以只好低價轉讓。新家座落的地區，沒有樓梯、也沒有鐵橋，姜依可以在房東家的前院盡情跑跳。媽媽說會等我回來，只要我回來，就跟她一起住在這個聽不見火車聲音的安靜社區。

我再次想到遙遠的未來，我們就像生活在地下的蚯蚓家族，為了維繫生命必須挖土過日子，但我卻很熟悉、令人害怕的熟悉，不論是媽媽跟我輪流做的惡夢，還是時時刻刻想起的記憶，或是週期性會烹煮的大醬湯，早都已經是生活的一部分。我笑了，媽媽也笑了，像瘋子的人的身旁，也僅只有瘋子。

我竭盡全力，曉瑛也是，雅蘭也是，媽媽也一樣，不論是離開、是拋棄、是毀壞、是崩塌，為了走向更好的我們，最終走向更壞。這是我們的竭盡全力。如今的我回不去邑內洞，曾經想脫離邑內洞的我，以奇怪的方式達成了願望。雖然不知道何處是盡頭，但不會輕易融化消失的雪正在下著，這是一場奇怪的、可怕的，好得讓人不知該如何反應的美麗大雪。

附錄

「第四屆文學村大學小說獎大賞」

作者得獎感想

這部小說，是記錄我從十六歲開始，迄今近十年所做的惡夢。從不知道小說是什麼，到如今知道好的小說是什麼，而如今那個惡夢也忠實呈現於這部小說之中。

第一次，是十八歲那年，在晚自習的時候，我坐在教室座位上，攤開筆記本寫著這個故事，每寫一句就瞄一眼摯友，深怕她看到我的文章，寫沒幾行就趴下來，小心翼翼地不讓別人發現，還將筆記本放入抽屜撕碎，再拿去垃圾桶丟掉。後來不再去學校之後，沒有人會偷看到我的文章，所以我開始一句、一句地寫著，打工時口袋會放著紙筆，沒客人、老闆又不在時，我會拿出紙筆，站在櫃檯裡在紙的後面寫東西，回家後會把紙筆拿出來塞進日記本。

上大學後，有時要寫一頁左右的作業，我也開始有勇氣在眾人面前念自己書寫的文字，不論是繳交散文、詩，或是短篇小說，我都不斷寫著這個故事。我也學到單純羅列出我的經驗是無法成為小說的，而這不可能的可能，讓我緊抓著一點希望持續奮鬥著。接著我把初稿的重要人物拿掉，因為那是讓小說中的我看起來更可憐的人物，這也是在學習過程中才漸漸明白，終究也是我無法獨自闖過的關卡。我被關在自己的想像之中，不斷地憐憫小說中十六歲的我，卻也不想只是憐憫，然而若不涉及這兩類想法的話，就無法完成我想要寫的小說，若要涵蓋這兩類的話，又會讓我無法承擔。光有經驗而不懂小說的我，想讓經驗與小說像是戀人般地緊緊相擁，互不放棄對方，所以我休學幾個學期，緊緊抓住這部小說不放。

不知道從何時起，那個像嘔吐般纏繞的惡夢，我認為只要將這惡夢轉化成小說，惡夢就會終止，但惡夢卻更常出現了。在夢裡，我逐漸變成不可理喻的膽小鬼，為了殺「你」，手持叉子或是牙籤一類的東西不停地戳，在數百次的戳刺之後，滿身大汗地從夢境中驚醒。我曾跟朋友講過這個拿叉子殺人的惡夢，朋友說「叉子？」然後噗哧大笑，連我自己也不自覺地跟著笑了出來，兩手拿著叉子的朋友，靜靜地撕開炸雞後說「這雞胸肉是你夢中那個人吧！」就把炸得酥脆的肉放進我嘴裡。我啃食著那帶骨的雞腿肉，一絲都不肯放過，連帶骨頭裡的骨髓也都吸乾淨，舔了舔手指的油脂，跟朋友舉起重重的生啤酒杯乾杯。那是第一次跟朋友吐露惡夢，第一次講了惡夢卻能嘗試著笑，我的惡夢逐漸容易對付了。

將短篇修正為長篇的日子裡，我經歷了七次遷徙與五次旅行，學校圖書館、弘益大學附近的半地下房、看得見旱田的濟州島套房、東京咖啡廳、曼谷機場，我靜靜地坐著，流連在惡夢之中，想著我為什麼一直夢到同一個夢境、又為什麼我要如此致力於寫出這夢境，是不是深怕這惡夢會跟隨我一輩子、囚禁我一輩子？

完成這部小說之後，我明白了一件事，如此糾纏著我的惡夢，「為何」沒有埋葬我？其實不是我被惡夢纏繞，而是惡夢被我的疑問纏繞。該是加緊腳步解開惡夢的時刻，我竭盡全力地解析我的惡夢，我竭盡全力地與我的惡夢分手，好險，這樣我才能幸福。

比起完成這部小說，我更要深深感謝關注我是如何渴望想完成這部作品的三位評審。依靠著牆一步步走來的我的故事，雖然期待有人聽見，但我不知道會以如此帥氣的方式問世。而今，對於已經斷了聯絡、不敢聯絡的邑內洞朋友們，以及離家時期成為我家人的、如今已經去掉紋身的二〇九，我未曾說過感謝，雖然這一聲感謝太晚了，但現在的我想跟你們說聲謝謝。好險有這個機會，也因此，我感覺身心暢快。

「第四屆文學村大學小說獎大賞」

評審評語

◆朴成元（小說家）

擔任過多次文學獎比賽的評審，內心不禁開始出現好作品逐漸凋零的想法。然而就在閱讀文學村大學小說獎的得獎作品後發現我錯了，我開始覺得韓國文學的未來，不再只有黑暗。

好的作家必須做到不經歷戰爭也能寫出戰爭小說，只想寫出特別情況，或是依賴特定題材的話，是沒辦法繼續第二部、第三部作品的，會很容易遇到瓶頸。因為不是每次都能想到奇特、特別的題材，或是擁有那樣的經驗。好的作家就是要將不特別的題材轉變成特別的人。

大獎作品林率兒的小說，就不是採用特別的題材，是非常常見的成長小說，然而，也就是這個「然而」，讓讀者在閱讀過後，深深為之衝擊，久久不能自已。這也就是前述提及，好的小說，是要將不特別的題材變特別，這部小說就是這樣的小說。我一直以來都期待韓國文壇可以出現像是羅柏・寇米耶（Robert Edmund Cormier）《殘酷的溫柔》（*Tenderness*）、或是布雷克・尼爾森（Blake Nelson）《迷幻公園》（*Paranoid Park*）的成長小說，而今終於出現了。閱讀這部小說之初，我以為這是在闡述沒有實體的暴力，但再次細究過後又認為導致暴力的實體不可能不存在，而是更多、更具蔓延性的。

通常在寫評語時，都會寫出獲獎作品的大綱或是介紹，但這一回恕我省略不提，因為這部小說值得在毫無資訊的前提下，閱讀一遍。願得獎者與文學的姿態一同。May the force be with you.

◆申行哲（文學評論家）

五年前的我，也是半信半疑覺得大學小說獎是否有必要，我認為超過二十歲的成人，不應該參與大學生之間競爭的文學獎，而是該參與一般人的文學獎才對。因為藝術與運動不同，不應分級。或許因為我出身文科，所以無法接受與認同鋼琴、繪畫依據年齡分級考試的制度，我認為文學應該一體適用，或許可以區分輕量級與重量級作家，但絕對不能以年齡分界。若是國高中或許還可以理解，但大學生真的有特別區分的必要嗎？畢竟日據時代，在韓國文壇大放異彩的人，多數都是二十歲世代，而四一九世代（主導一九六〇年民主運動的大學生）中帶給文壇極大震撼的作家，也多半都是二十出頭的作家。

但如今我改變了想法，文學真的不同，文學是歲月遺留給我們的傷痕與傷痕之間，極具深度的禮物，是屬於帶給我們龐大力量的一個類別，其他領域或許多多少少都會有，但都不如文學來得震撼。所以文學難以信任天才，文學的天才不是技巧的天才，而是人生的天才，然而人生而平等，沒有人生而就是天才。我真的難以想像「沒有傷痕的深度」。

每當談論日據時期與四一九世代時，總是會聽到既成世代叨念著是否要調降青年作家的標準，有段時間我也有這一念頭，但現在的我不這麼想了。我不知道一九三〇年代與一九六〇年代的文人們，他們如何度過二十歲那段歲月，但我知道他們不需要一天跑三種以上的補習班，也不用念英文與數學，也不用像這一代的大學生，因為擔心學費還有房租的著落，必須到麥當勞包漢堡、到大型超市拖著貨車上架貨物。他們告知父母要將生命獻給文學，不是時代錯誤、也不是不肖至極，我們既不需要調降標準，也不應該剝奪他們萌芽的機會不是嗎？

如今我對於大學小說獎這一制度已不再有距離感，必須要能評鑑該世代的傷痛與深度，在他們放棄之前拯救他們的才華才行。若採用前述的評量標準，林率兒的小說是不同「等級」的小說，不知這一用詞可否用來稱讚這部小說，也不知是否適當，但我深信這部小說所描繪的所有悲痛的事件，是真實發生過的事件，而我不想跟這一位作家見面。

◆鄭玄雅（小說家）

在決選看到這部作品時，一掃預審時的擔憂，這部小說的作者擁有凝視社會的角度，不僅兼具可讀性與趣味性，更擁有長篇小說該具備的美。

林率兒的作品在正式進入審查前，就已經是一部肯定能獲選的小說，從女國中生離家出走開啟的這部小說，從可愛、引人入勝的情節中，逐漸導向令人心涼的情節。因研究員的遷入，使得大田市田民洞居民之間產生極大的生活差異，孩子們也因此被區分，他們反抗著這一區別，湧入不問緣由的無人汽車旅館，裸身看色情片、一同喝燒酒、打滾，讓自己與他人合而為一、擁有同一份氣味，他們「還好」未成年，可以用無聲的存在累積彼此的喜樂。

與朋友之間的友情，對主角姜依來說是人生的全部。反抗著大人的專制與漠不關心的姜依、曉瑛、雅蘭，一同離家出走，在陌生城市的道路上一天混過一天，她們渺小又年幼的身體，時而是武器、時而是擋箭牌。對姜依與雅蘭來說，這一趟旅行是想忘卻自身，但對曉瑛來說，是為了找尋自己，這一差異比生活差異還巨大。所以她們之間開始出現距離，作家描繪了少女世界展露的殘酷暴力，似朋友、又似戀人的孩子們，逐漸領悟各自不同的世界，所以開始厭惡彼此。

裸身合而為一、嘻嘻哈哈的孩子們，開始對對方使用暴力，那讓人深切感受到羞恥的被脫衣服場景，最終使人看清世界的本性。這讓人聯想到原始人類遮蔽的身體，那所有不合理與矛盾，以及所感受到的憤怒，這一幕幕都是殘酷的成長經驗之一。姜依承受著與曉瑛之間的衝突，卻從此跳出孩子的角度，而隨時間流逝，她又為了埋葬那件事情，再次回到邑內洞。

整部作品極具魅力，我與其他評審的意見一致，美麗的文章讀來心情舒暢，恭喜作者並希望作者繼續在寫作這條路上前進。

作者訪問

若說火熱與頑固是能量的話

採訪者－鄭智香（小說家）

我曾經見過她，在一場介紹新人作家的文學會上，她以詩人身分參加，當天出席的新人作家，作品都極具新穎度，或是曾以高水準作品獲獎。不論是現在或是當時的我，都好奇創作的人究竟有什麼樣的想法，所以每當有機會去到文學會的場合時，總是會用心觀察他們。那時應該是夏季，穿著短洋裝，露出修長雙腿，面對所有提問總是以一副漠然表情回覆的她，著實令人印象深刻。

當聽到第四屆文學村的大學小說獎得獎人是她時，我只覺得訝異，因為她出生於一九八七年，今年應該是二十九歲，卻依然是大學生這一點讓我驚訝；出道三年的作家，還可以如此活躍又是另一個讓我驚訝的點，可以說是有點嫉妒，但更重要的是她寫的小說確實很棒。對於那年夏天、那一天，平靜地站在陌生人面前說著自己過去那段歲月，依然懷抱著傷痛的她，就算當下不明白，但她不焦慮、不誇張的平靜音量，就足以令人感受到魅力，我急切地想閱讀她的小說。

採訪一開始我們很生疏，在決定如何稱呼彼此、開始聊天之際，雖說多少還是有些尷尬，不過我們緩慢地聊著、遲疑地回覆，卻讓我們更了解彼此。雖然對於小說有很多好奇的事，但為了能享受閱讀書籍的樂趣，此次採訪決定聚焦於她是基於什麼經驗，才選擇一路往作家這條路走。

（以下**Q**表示採訪者提問，**A**表示作者林率兒的回答。）

Q　本書是從什麼時候開始寫的呢？

A　大概十幾歲的時候就開始寫了，當時還無法區分這是小說還是日記，一直都無法完成，寫著寫著覺得太傷了，就一直放著。不過過了一段時間後，時而寫成短篇、時而寫成中篇，開始寫成長篇應該是三年前，然後就陷入不停修改的地步，也曾經寫了超過長篇的分量，只好統統刪去。就算是現在也有很多想修改的地方，因為依然覺得抓不到該如何下筆、該闡述哪一種故事，想要驅除這種陌生感，所以很努力地寫著，但一直覺得不夠，我不認為這部小說水準高，似乎是攤開傷痕的小說而已。

× × ×

Q　這麼難以下筆、難以完成的故事，促使妳下定決心完結的關鍵是什麼？

A　因為惡夢不斷糾纏的關係。聽到得獎消息時，相較於得獎這件事情，我內心想的是，太好了！終於可以終結這個惡夢，或者該說是對於那段懷抱著傷痛的時間感到傷感，當這些心情湧上心頭時，我哭得亂七八糟。

Q　那現在呢？現在這個故事應該在人們的手中流傳著，妳是否期待這個由妳傳遞的故事，會抵達誰手上？又該如何閱讀呢？

A　其實我無法想像人們會怎麼閱讀這部小說，覺得有點害羞，畢竟這是我長久以來的祕密與惡夢。若說願望的話，我倒是希望跟我有相似惡夢的人，可以閱讀這部小說，我沒有經歷過人們所謂正常的成長過程，常常被說不正常，或許在他人眼裡確實是如此，但不正常其實也是平凡的人，我不喜歡畫分為正常與不正常的世界，因為被打入不正常的孩子，也不過是平凡的孩子。希望能夠透過這部小說，與那些內心有火種的孩子進行溝通。

×　×　×

Q　妳以詩人的身分踏入文壇，但練習寫作卻是從小說開始？

A　其實我一直以來都不是想著「我要寫小說」，而是「我要書寫」，但進到學校後發現，人們會區分為小說與詩。我知道小說，所以寫小說；我知道詩，所以寫詩，但人們很常問我「妳要寫小說？還是寫詩？」雖然小說跟詩不同，但我不想做出決定，也不想選擇。就像在健身房，不是有重訓跟有氧嗎？兩個都做才叫「運動」不是嗎？妳不覺得這好像是在問「要重訓？還是要做有氧？」或是問「喜歡重訓？還是喜歡有氧？」、「你先接觸有氧的對吧？那應該更喜歡有氧吧？」之類的感覺。我喜歡詩跟小說，也能感受兩者的魅力，當詩獲選時，人們理所當然地認定「妳會開始寫詩」，但我並沒有放棄寫小說的念頭。不論是詩、還是小說，都會依照我想寫的方式寫。

× × ×

Q　妳給我的第一印象是「酷」，應該很常聽到這類評價吧？可是跟妳聊天過後發現並不是這樣的，一開始或許有些微距離感，但其實妳應該是位努力想傳遞真實訊息的人，對吧？

A　可能是我比較怕生，所以會給人一種冷冰冰的感覺，其實在人多的地方我很容易畏縮，所以表情才會如此僵硬，無法打開話匣子，才會讓人覺得冷漠。我想文學會那天，應該也是如此，但沒想到會讓人覺得表情很老練沉穩，我其實跟老練沉穩完全沾不上邊，有人說原本以為我是「冷酷都市女」，但其實我根本就是個「次級鄉下女」，也有人說我是十九世紀的人類，我不喜歡美國小說，最喜歡的是杜斯妥也夫斯基。我的文字、還有我的內心是無法老練沉穩的，以前我很羨慕那些可以老練沉穩寫出「很酷」文字的人，蹦蹦跳跳開開心心、有才華、善於察言觀色、開朗陽光那種人，他們就像青蘋果一般，而我就像軟爛的柿子，乾柿子那種。

× × ×

Q　妳說初次創作是十幾歲時，可以說說從那時到上大學為止的狀況嗎？

A　國中時我是離家出走的少女，高中則是輟學，但不是我選擇輟學而輟學，是因為我從家裡拿了五十萬韓元離家出走而沒有去學校，學校最後也只能以退學處理。當時的經歷就是這部小說的基礎，離家後有三年的時間到處打工，和一同離家的朋友同住，持續書寫。之後約一年的時間都在寺廟度過，當時下定決心想成為僧侶，不過最後被寺廟趕了出來。時間就來到二十三歲，考過學力鑑定後進到補習班準備大學入學考試，因想讀文藝創作，沒想到上了一間根本不需要入學考試成績的學校。好在系上跟我同齡的新生很多，大家都有許多故事，所以個個都晚進大學，就算我二十四歲才進大學，但同期入學的同學中，我反而是最年輕的一個。

× × ×

Q　剛剛妳說被寺廟趕出來，可以說說為什麼會被寺廟趕出來嗎？

A　我帶著想更理解神明的心去的，所以有許多疑問，提出很多問題，覺得哪邊奇怪就會說奇怪，僧侶認為我是問題太多的小孩，是對寺廟沒有幫助的人。不過最主要的是他們說想要當僧侶的話，必須要從四年制大學畢業，那對於根本不信賴學校的我來說，簡直是晴天霹靂，我問沒拿到資格就不能成為僧侶嗎？他說對，我也因為質疑那種制度，而一直被罵。

有一回師父說為了洗清罪惡，遞給我一本很厚的書要我開始念經，其實在佛堂禮佛時就會閱讀經書，但那本書裡面滿是犯罪的人會受到何種懲罰，說謊就會被拔舌頭之類的……我只覺得那懲罰太嚴苛，完全不覺得自己有任何錯。當師父念完經，問我是不是有反省罪惡時，我說那懲罰太過嚴苛，一字一句地反駁經文的內容，所以就被趕出來了。

× × ×

Q　我想，當時的妳只是想追尋更進一步的答案，不過會讓當時的妳有那些行為的原因是什麼呢？

A　我自己也很好奇，很多人也都會問我這個問題，他人都將這情況淡化為徬徨，但我是真心地想依照我的方式過生活，我不覺得那樣就是壞，我也不知道何謂徬徨，就是盡力想完成我想做的事情。所以對於「為何要離家出走」的提問，我無法給一個斷然的回覆，我為了想回應這個問題，努力地思考究竟我為何會有那些行動。我就是想尋找這個答案，才寫小說，而寫小說的這段期間，我也不停詢問自己，但我依然給不出一個明確的答案。年幼時的我，患有某種口吃，而那種口吃擁有某種訊號，必須跟隨那種訊號，不過我從未追究過那是什麼訊號。當時有大人說要思考「我是誰？」這問題，但我每次都覺得「我就是我啊」，我認為比起去思考訊號的定義，訊號就是訊號。

Q **不知道這樣問會不會很失禮，聽妳說話覺得妳很有趣，好奇妳目前會不會去閱讀以前寫的內容？閱讀時會出現什麼想法呢？**

A 有時覺得當時的我，那滿身傷痕的我，很明顯地就坐在我身旁，我總是跟當時的我在一起。雖然現在的我跟當時的我已經不同，但我依然認為我應該要時刻都能見到當時的我。

×××

Q **當時的妳，跟現在的妳有何不同呢？**

A 現在的我有任何疑問，已經不會追問他人，而是會透過閱讀去尋找答案，或是透過寫作去尋覓，提問也比以前更細膩。還有一點不同就是當時的我很勇敢無懼，但如今的我變膽小了，現在不敢騎機車、一點痛就往醫院跑、害怕受傷，以前喝酒喝到吐，隔天還是繼續喝，現在不敢了。同時也不像以前恣意做出判斷，那時很關心殺人事件，會認真地去揣測到底發生了什麼事情，然後會天涯海角地追尋到底，揣測深陷殘酷情境的人，這也是當時我的興趣。

× × ×

Q　可以談談現在妳身旁，對妳而言最重要的人是誰呢？

A　是與我差三歲的親姊姊，小時候姊姊是我的偶像，我總是跟在姊姊的屁股後面，姊姊對我而言就像是西奧·梵谷（畫家文森·梵谷的弟弟），是我強而有力的後援者。我離家出走闖禍時，姊姊總是在放學後的校門等我，深怕我又不知道逃去哪邊，著實為我浪費不少時間，不過我很喜歡在放學後遇到姊姊，跟姊姊一起回家，因為我從小就喜歡姊姊。不過在我決定離家出走的那一天，第二堂課結束後我就離開學校，姊姊說，當時她在校門口等到空無一人。

記得有一回偶然看到姊姊的日記寫：「我都這樣辛苦了，卒兒那樣到處亂闖，就算再苦也無法跟他人明言。」當時姊姊是高三生，而姊姊就是這樣的人，其實她應該要討厭我才對，但是她就是全心全意地在我身旁、支持著我。

有一次，我隔了好幾年才回到家，姊姊帶我到超市，要我選所有想買的東西，她都買給我，那一天花了七千，我問姊姊是爸爸給妳錢嗎？姊姊說不是。爾後我才知道，媽媽每天給姊姊八百塊，而姊姊把那些錢都存了起來。現在當我旅行的錢不夠，或生病到醫院時，姊姊會幫忙出錢，也會帶我去美容室、帶我去買衣服……不只是經濟上支援我，連家人對我有任何不理解時，姊姊也都會幫我辯護。

× × ×

Q 現在妳的生活如何呢？

A 現在的我就像公務員一樣，閱讀、寫作、有時跟朋友見面、看書、看電影、寫文字，以及做復健運動，我喜歡這樣簡單的生活，也是我夢想的生活。

在聊天的過程中，我數次提及我很期待這部獲獎作品，不過她總是淡淡地說「可能會失望也說不定」。我們私底下也針對家人看了我們的作品後，會有什麼反應這件事情討論了許久，她說如果擔憂家人的想法，想寫的就無法寫成了，所以總是對自己說「不要想太多」。收到獲選消息時，總是跟媽媽洗腦說「小說都是假的」，我們分享這個祕密，也互相理解地相視而笑。與她聊了許久，我刻意說出「我想我不會失望，因為這是一部與自身相結合的首部作品，具有特有的頑固能量，所以我一定會喜歡」，終於她說「我也是，若說火熱與頑固是能量的話，那麼我很有信心」，也就是那一刻，我決定要無條件地為她加油。

文字森林
READING FOREST
文字森林系列 016

為了好好活著，我們最終走向更壞

최선의 삶 (THE BEST LIFE)

作　　者　林率兒（임솔아）
譯　　者　陳聖薇
總 編 輯　何玉美
責任編輯　陳如翎
封面設計　鄭婷之
內頁設計　楊雅屏

出版發行　采實文化事業股份有限公司
行銷企劃　陳佩宜・黃于庭・馮羿勳・蔡雨庭・曾睦桓
業務發行　張世明・林踏欣・林坤蓉・王貞玉・張惠屏
國際版權　王俐雯・林冠妤
印務採購　曾玉霞
會計行政　王雅蕙・李韶婉・簡佩鈺
法律顧問　第一國際法律事務所　余淑杏律師
電子信箱　acme@acmebook.com.tw
采實官網　www.acmebook.com.tw
采實臉書　www.facebook.com/acmebook01

ISBN　978-986-507-172-1
定　　價　320 元
初版一刷　2020 年 9 月
劃撥帳號　50148859
劃撥戶名　采實文化事業股份有限公司
　　　　　104 台北市中山區南京東路二段 95 號 9 樓
　　　　　電話：(02)2511-9798　傳真：(02)2571-3298

國家圖書館出版品預行編目資料

為了好好活著,我們最終走向更壞 / 林率兒(임솔아)著 ; 陳聖薇譯. -- 初版.
-- 臺北市 : 采實文化 , 2020.09
面;　公分. -- (文字森林系列 ; 16)
譯自 : 최선의 삶 (THE BEST LIFE)
ISBN 978-986-507-172-1(平裝)

862.57　　109010446